U0903559

采菊东篱下

【以更广的视角审视和感悟人情世态】

闫金亮 著

九州出版社
JIUZHOUPRESS

图书在版编目（CIP）数据

采菊东篱下 / 闫金亮著. -- 北京：九州出版社，2011.8

ISBN 978-7-5108-1123-4

Ⅰ. ①采… Ⅱ. ①闫… Ⅲ. ①诗集－中国－当代 Ⅳ. ①I227

中国版本图书馆CIP数据核字(2011)第178833号

采菊东篱下

作　　者	闫金亮 著
出版发行	九州出版社
出 版 人	徐尚定
地　　址	北京市西城区阜外大街甲35号（100037）
发行电话	（010）68992190/2/3/5/6
网　　址	www.jiuzhoupress.com
电子信箱	jiuzhou@jiuzhoupress.com
印　　刷	北京俊林印刷有限公司
开　　本	880毫米×1230毫米　32开
印　　张	6.375
字　　数	43千字
版　　次	2011年10月第1版
印　　次	2011年10月第1次印刷
书　　号	ISBN 978-7-5108-1123-4
定　　价	25.00 元

序

二〇〇九年出版了两本诗集《东篱集》和《东篱谐韵》，前段又出版了另一本诗集《茅屋诗絮》。本集是前面几本诗集外的存稿性诗集，这些年写的词和文章，另行出版。

在多年的诗词欣赏和写作实践中，笔者形成了自己的创作观。山民认为，诗词是主观世界的文学表现形式，必须真实反映作者的思想感情，避免矫情和造作。作者的世界观、人生观、价值观千差万别，反映在诗词里面也必然各不相同。笔者以为创作诗词需要三种素质：一是深厚的文化知识功底；二是娴熟的诗词格律运用能力；三是丰富的人生经历、开阔的政治视野和高尚的人格。

中国文学富丽堂皇，五彩缤纷，为读者提供了不尽的肥肴大餐，为作者提供了无数的创作素材，阅读和学习古典文学，是每一个汉语作者的基本功。在全面了解和熟悉中国历史和文化传统基础上，深入学习占典文学作品，是文学创作必不可少的重要一步。中国文学源远流长，几千年来留下大量优秀作品，这些作品与国事、家事、个人事息息相关。丰富的社会政治背景、复杂的人生经历，被聪颖睿智的作者通过五色斑斓的语言文字表现出来，足以惊天地，泣鬼神，翻江海，动风云。在学习文字的同时，接受传统思想的熏陶，可使后世作者如坐春风。相反，如果离开了对古典文学的学习，我们的创作就成了无本之木，无源之水。人人都说《红楼梦》好，如果曹雪芹没有深厚的文学功底，很难想象怎样创作如此作品。

现代社会处在一个知识爆炸的时代，科学技术向各个方面深入发展，极大地改变着人们的生产、生活方式，也深刻地改造着人们的人生观、世界观、价值观。作为现代社会的一员，文学作者必须融入这个高速发展的灿烂时代，掌握基本的自然科学知识，把握政治风云，洞察社会变化，在时代的洪流中，以文学形式抒怀达意。相反，如果把目光局限在文字方面，做井蛙以说天，为河伯而述海，将难以写出好的作品。

中国诗词历经几千年，诗词格律千锤百炼，炉火纯青，是建立在读音分类基础上的绝佳文学形式。尽管经过了王朝叠换的政治洗礼，尽管经过了时兴时落的风剥雨蚀，汉字的读音和各朝代读音主流处在不断的变化之中，但格律诗的基本要求仍然适用，格律诗的魅力与日月同辉，并山河共远。这些格律形式是固化的诗词框架，每一位作者需要通过认真的研究和反复的实践，熟练掌握格律的基本要求，并以此安排文字，才可以创作好的作品。相反，生涩的格律运用技能将会直接影响思想的表达。就像骑自行车一样，在骑车的过程中不用随时考虑往哪个方向转弯，格律的运用需要达到得心应手才好。

文学作品是客观世界的思想反映。丰富的人生经历，可以开阔人的视野，饱满人的情感，使人以更广的视角审视和感悟人情世态；开阔的政治视野，可以使人站在更高的位置观风云，听雷鸣，洞察国家和世界大事；高尚的人格可以把良好的思想意识反映在作品之中，创作有益于社会、有益于人类的作品。

以上一家之言。笔者的诗词实践只是依先人之说而努力，远未登堂入室。本集作为阶段性作品汇集，俗陋常多，浅躁难免，望读者稍定烦心，委曲耳目，并不吝赐教。

本集承蒙《音体美报》李霞副总编辑和几位诗朋文友大力支持，多次帮助修改错误，在此一并感谢。

作者

二〇一一年五月二十七日

目　录

山屋

山林长夜寂，独守小房空。
地表雪痕少，云中圆月明。
天寒风气硬，火烈壁炉红。
瑟瑟听何处，堂阴草木声。

与诸子戏道埋骨仰天山有寄

多年砥砺费辛勤，戮力青山致此身。
意感王屋去已远，情凝草木碧常新。
还图粉骨添营养，不为卜稽占大坟。
纵有予夺名利客，山精木魅共幽魂。

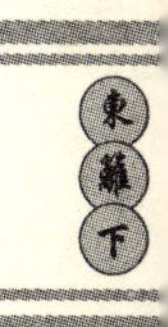

【注释】

王屋：传说王屋山和太行山在冀州之南，河阳之北，愚公率子孙誓将搬此二山，感动玉帝，令神灵移走。此即《愚公移山》故事，见《列子·汤问》。

卜稽：占卜以求问。

赠人晓行

闻道披寒又晓征，诗随前路慰孤情。
人生常有经纶苦，好在雨收多彩虹。

懒　散

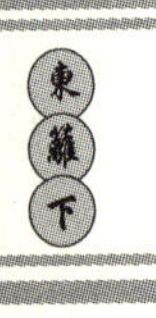

三杆暖日未觉迟，懒散心怀浑不知。
挑动炉根窜木火，细梳古意续新诗。

五更寒月

睡眼依稀对小庭，清辉瑟瑟落竹声。
晓钟敲向城头去，半月中天凉似冰。

冬赴山园

远辞城阙里，轧雪赴荒园。
朗日岑峰秀，冰风林木寒。
兔藏留乱迹，鹊闹响空山。
欲雪黑云暗，黄昏炉火前。

山房日晚

山房欲晚野风针，紧缩寒衣动怯心。
多备干柴足夜火，今宵孤梦向春温。

律诗恨

一曲床前明月光，千秋恼绪共思乡。
太白如解今朝事，当恨无人和韵长。

山月夜

夜半狸猫作恨声，慵怀倚户望山庭。
枯林瘦似零丁草，天暮凉如紫水晶。
寒月落兼白雪冽，疏辰悬共峭崖明。
回拨壁火添柴木，心与冰宵一样空。

答问名茶

莫问雕杯何种香，苦丁足味裂肝肠。
此毒胜似彼毒烈，外痛还等内痛伤。
常以委曲图大业，亦将砥砺奋高强。

韦弦分佩从来有，不可随情漫自狂。

【注释】

韦弦分佩：《韩非子·观行》：“西门豹之性急，故佩韦以缓己；董安于之性缓，故佩弦以自急。”

绝顶茅茨

九冬绝顶被凌寒，白雪坚冰布满山。
夜半敲魂谁处响，高风强过木窗前。

与张云衡先生清晨唱和

其一

万里寻幽到宝山，飘然碧落白云间。
红尘不染佛缘地，一洞豁然能仰天。

和

风卷雪云万里山，鸣峰荡谷草屋前。
任其佛界红尘事，自捧典书随仰天。

其二

秋风烈烈扯红旗，谁筑营盘杨妙儿。

要替苍天行大道，千年不许此山移。

和

山头今日又旌旗，还似当初杨妙儿。

哪管天规与政道，舞文弄墨自不移。

【注释】

杨妙儿：指宋金时红袄军领袖杨妙真。仰天山留有她的山寨。

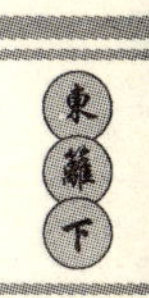

其三

春秋烽火入苍茫，万仞高峰百里长。

独上雄关能四望，天成地设古城墙。

和

天关放目自茫茫，情比陈垣万里长。

古道雄峰添恨绪，饭牛无计面空墙。

【注释】

此两首以齐长城遗址为题。

饭牛：宁戚自编放牛歌讽刺齐国，齐桓公收留他，加以重用。

其四

僚绕香烟万事灵，千年佛境我独行。

此路如今谁管领？当时走过赵明城。

和

梵语青烟尽道灵，无穷善信赖修行。

书生纵便添香火，诗向赵家夫妇从。

【注释】

此两首以仰天山文殊寺为题。

赵明城：李清照的丈夫，他在仰天山留有题刻。

其五

诗心痒痒等麻姑，七字诌成肠欲枯。

应羡人家闫氏子，山中每日拜文殊。

和

山中日夜共麻姑，痒以文抓意不枯。

即使今生无大业，诗朋词侣感情殊。

【注释】

麻姑：传说中的神仙，据传她面色姣好，手如鸡爪。

其六

看罢朝霞看晚霞，深山每日话桑麻。

此身全似葛天氏，安用圣人浮海槎。

和

心在仰天望碧霞，处机海畔论桑麻。

如能遥上接织女，愿把山林造木槎。

【注释】

浮槎：传说中来往于海上和天河之间的木筏。

其七

临风一笑向诗人，君道丰隆吾道贫。
岂是沿街托钵者，归来也做葛天民。

和

人尸反念叫诗人，何道丰隆何道神。
风辇龙车任搬弄，酒囊饭袋一草民。

【注释】

丰隆：传说中的雷神。

其八

四季风当千样好，隆冬每日巡行早。
明年春到艳阳春，满满山头生碧草。

和

胜友京都情最好，无须更待春来早。
当然也盼日温时，再到山园诗碧草。

其九

乘风曾上九重天，落地凤凰驻此山。
清世林泉浊世福，笑他平地走千官。

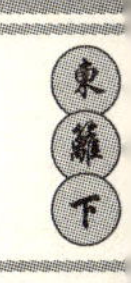

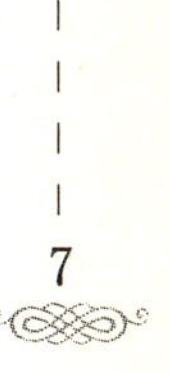

和

巅峰日日九重天，直似采菊南望山。

非立梧桐招凤鸟，不期五斗做从官。

其十

思如佛境净无尘，冷冷西天月半轮。

万里长空清一色，中宵犹看岭头云。

和

并非心净已无尘，识透兴衰日月轮。

历尽酸辛数惨淡，亦舒亦卷看行云。

其十一

如画风光且看留，四时都在画中游。

人人尽说深山好，我驻深山最上头。

和

尽管风光无计留，朝云暮雨纵情游。

史来尽卧南山底，我弃红尘在下头。

大海远眺

空溟一放望，大海万波滔。

白鸟双翮劲，宏船征路遥。

临当胸臆阔，感此逸怀高。

敢挂长风去，平生破浪潮。

【注释】

空溟：空是长空，指天；溟是大海。

放望：放，作量词用，与后面的“波”形成对仗。望，作为动词用。

滔：充满。也是动词。与“望”形成对仗。

翮（hé）：鸟的翅膀。

临当：当，在同一时间。临当，那个时候的意思。在盛唐的律诗中，这类虚词的用法出神入化。

胸臆：胸怀。

逸怀：高雅飘逸的情怀。

尾联：化用李白诗《行路难》最后两句，“长风破浪会有时，直挂云帆济沧海。”

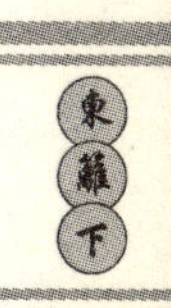

晚归

迢迢归野舍，款款驾单车。

宛转过荒岭，回环走涧阿。

山阴积雪厚，路表固冰多。

迎吠听已切，寒灯渐隐约。

不　题

迭代更朝过眼云，一主江山万庶臣。
好在白薇无定姓，更兼黄土纳随人。
簪笏乏门麟迹少，龙蛇有地草泽深。
纵然葛粝时时短，却是彤阳日日新。

书　情

山房梦尽未更阑，抱与诗书一起翻。
日晓叠衾情最好，两三古册落床前。

元旦祝语

冬九风潮硬，河封地气寒。
虽将元旦日，不是祖国年。
先纵分八乐，还留两寸安。
明朝看河柳，万里共春欢。

日暮秋山

一目重山远，遥岑淡紫烟。

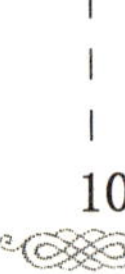

疏鸣林愈寂，微染叶初寒。
蓼穗石阶下，菊花断磊间。
意共秋时定，心如野色闲。

大丽花

叶黄草败色多枯，大丽堂阴秀瓣殊。
不是秋来分外好，浮花谢后自如初。

斑鸠

闲捧诗书柴户前，斑鸠步态自翩翩。
也知怜恤无伤害，主客易来觉岸然。

史说

也曾惜大明，也爱郑成功。
到底施琅叛，终归纳满清。
统一为世势，安乐是民情。
怎奈古来册，丝丝泛血腥。

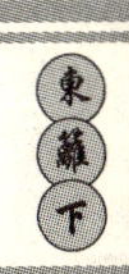

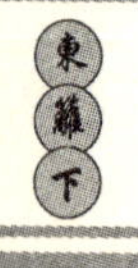

嫦娥二号升空有感

其一

卫星此夜又升空，满负中华万载情。
玉兔嫦娥今在否，精工一眼看分明。

其二

盈亏自古费思量，扰绪牵情挂肚肠。
玉斧今宵月边去，来年金镜愈明光。

其三

西方处处以为能，诺贝尔评多自功。
入地升天事事好，管他说可道不行。

龙　根

华夏五千年，龙根血泪斑。
鲸吞曾壮气，掳掠齿犹寒。
汉武秦皇烈，成吉哈赤专。
炎黄苗裔好，袅袅自相传。

说别墅

其一

高怀古意慕先贤，索住离群意淡然。
别墅远离名利处，疏情漫性任安闲。

其二

每说别墅忆从前，曾记洛阳多少园。
可叹时经千载后，也无品位也无钱。

其三

别墅听来富贵专，恰如美梦在心间。
时人尽爱芳名好，深巷堆屋一处边。

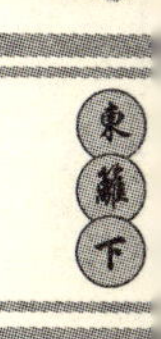

【注释】

别墅：辞海的解释，“在住宅以外另地建造的园林式游憩、居住场所及建筑物。多建在城郊风景优雅且幽静之处。布局灵活自由，与周围的自然环境紧密结合，浑然一体。城市中取名‘别墅’的居住建筑不属此范畴。”

“曾记”句：北宋著名文学家、李清照的父亲李格非曾有《洛阳名园记》，记录洛阳的名园。

国庆节山屋会诗朋有感

十月山中物象新，无边胜色诱时人。
漫过身旁三五万，只迎一客慰枯心。

瓷牡丹

洛阳记忆是何边，墙上精瓷黑牡丹。
白日频频看不够，晚开夜照每三番。

观　星

雾散云收淡野风，仰天山上对星空。
银河波细粼光乱，北斗突出灿照明。
满幕散珠如邃眼，几颗堕玉似流萤。
心同辰去疏怀远，诗被情催一韵工。

论国民政府放弃日本战争赔偿

其一

觊觎神器已时长，囊括鲸吞恁漫狂。

苦酒酿来当自咽，无须怜悯更呈强。

其二

回观可恨最东洋，寡义无情乏肚肠。

千载从学汉家道，一朝得势用刀枪。

其三

奋战八年为救亡，民疲国弱满痍疮。

知怜异域投降匪，不恤家中困顿娘。

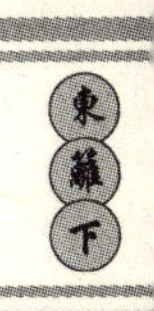

其四

窝里频争小肚肠，外交内政计空荒。

不索损失装大尾，是替僵蛇暖冻伤。

其五

最不安分是东洋，审判从来未顺当。

宜筑雷峰为永固，以绝法海把人伤。

其六

先是清朝废政纲，后承老蒋臭皮囊。

可怜五亿炎黄后，忍辱披艰恨岁长。

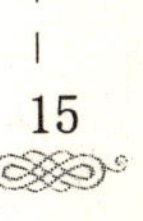

其七

为何华夏最冤枉，割地赔银是正常。

轮到索偿恁草草，主权随弃在一旁。

其八

治国执政隐玄黄，儿戏岂能玩大堂。
巫惑纵成阶下鬼，当悬宝剑镇妖狂。

其九

当年旧事已沧桑，漫理疮疤忆旧伤。
大盗监国窃神器，蠢猪把政误家邦。

其十

不是空穴风自扬，非当哗众任装腔。
钓鱼岛侧伸魔爪，以告国人警目张。

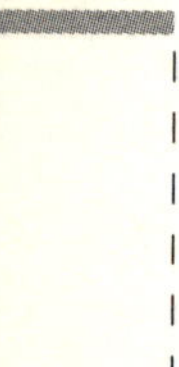

【注释】

神器：象征国家权力之物，如玺、鼎等。借指帝位、政权。

雷峰：指西湖边雷峰塔，是镇压妖师法海的宝塔。

清　秋

秋爽一风过，荒郊寂满天。
苍穹深似靛，云朵细如棉。
岭表初黄叶，林中已瘦泉。
蛱蝶身渐老，寸舞寸艰难。

冻顶乌龙

木柴温火煮茶香，冻顶乌龙润古肠。
放目东南心不稳，今年收获可如常。

中　药

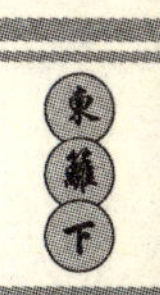

前夕送药两三包，感彼真情意自嘲。
柜底枯形以心感，煎来苦液作汤浇。
人怀不似扬花水，世态怎如鸿雁毛。
咽火幽幽抽欲尽，丝丝都念此情高。

名　著

都说名著感时人，粗掠千篇飨此心。
无奈文辞多似水，不如诗赋胜甘醇。

虫　剩

苹果一刀开到核，食心梦断可怜出。
今将虫剩当佛剩，细细嚼来不怕毒。

【注释】

食心：即食心虫。是蛀入果实内为害的蛾类幼虫的统称，主要包括梨小食心虫、梨大食心虫、桃小食心虫（桃蛀果蛾）等。食防虫成虫体形似苍蝇。

核（hú）：部分义同核（hé），用于某些口语词，如“杏核（hú）儿”。

佛剩：寺院里供奉佛的祭品，称为佛剩。佛家称吃过佛剩可以免灾。

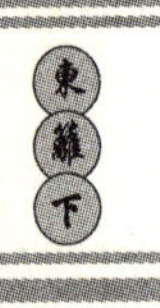

赠别师妹哈申格尔乐博士一行

荒外茅屋会远人，欢言畅语共相亲。
分携北望怀高意，带去山民一片心。

喜 鹊

懒睡深读开户迟，以为主去霸阶食。
推门惊走贪婪客，乱颤屋头槐树枝。

秋 晚

时秋山色老，日暮晚风清。

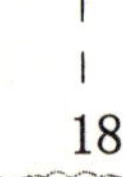

野水莲花尽，荒林败叶零。
数声灰喜鹊，几籁泣寒虫。
谁解萧条意，诗笺挂草棚。

山园醉酒

午醉沉沉到几时，山园一觉入更迟。
雕杯荡漾朋怀共，浪语滔滔有可知。
阶下虫鸣添夜寂，堂阴草气并心痴。
今宵孤魄谁人解，茅舍青灯扰鹊枝。

秋　色

秋凉节令晚，天淡野山空。
木叶应时老，不堪万里风。

山　珍

醒过茅屋四壁秋，自理寒袍醉魄收。
最是山珍今夜好，柴炉小米半锅粥。

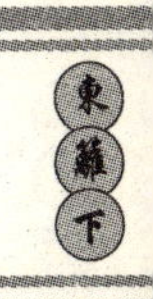

篱边秋梦

昨宵秋气满帏屏，宿酒和衣梦未成。
冷露有声稀落叶，枯禾无语泣寒虫。
零星夜吠谁踪远，翻覆篱床孤睡轻。
寤寐千般终不稳，幽幽窗畔晓阳红。

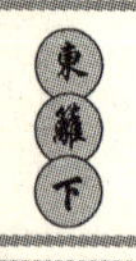

云里行

山巅一路踏云头，四顾茫茫天地幽。
落叶堆薪随步响，发梢凝露顺颊流。

落　日

时秋篱傍感苍凉，目送西天爱落阳。
明日闻将天欲雨，到夕不忍向山房。

五更山月

其一

草舍醒来达五更，寒窗兼地一山明。
人家月色说如水，俺处连绵似玉宫。

其二

独向林间放困睛，银光高下各朦胧。
忽听谁处沙沙响，可是飘飘落月声。

其三

浩荡银波落满庭，房前屋后一时同。
别说浪绪随风月，临此谁人不动情。

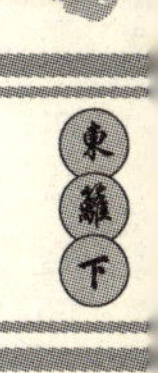

子　夜

山空人已去，木静鹊归巢。
时晚岑峰邃，星疏天幕高。
微风传野吠，圆月上林梢。
谁更频呼酒，朋怀拟共浇。

《儒效》读后记梦

精卷读完睡不浓，屡牵荀子论达通。
非爵自显只相慰，未禄称尊岂可荣。
答客文酸伤曼倩，解嘲笔涩慨韩公。
大儒纵便修身好，到底无为无寸功。

【注释】

《儒效》：荀子论述大儒小儒的文章。

曼倩：东方朔的字，指其《答客难》。

韩公：韩文公，韩愈，指其《解嘲》。

麻雀亮翅

人称白鹤艳怀高，亮翅多呈媚态娇。
麻雀堂阴也亮翅，无非闲适懒伸腰。

醉东篱

送罢高朋醉梦深，醒来篱傍已黄昏。
两三对唱惜时鹊，几缕穿堂放浪云。
漫理游魂思旧事，懒拖困体索寒襟。
今宵无可纷纭计，雪案青灯似水心。

秋　寒

三滴夜雨湿荒径，万里寒风过远山。
不忍柴门今日早，枯花冷叶满阶前。

读《列仙传》

新来捧列仙，细数旧人传。
或者祛疾病，或当降鬼顽。
积功常自解，得道亦升天。
也入山深处，修成是哪年。

红　叶

曾与群株共碧涛，不哗声色不羞娇。
秋霜几度山林落，如火因风处处烧。

山　秋

风欺霜霸幻秋光，独立柴门意自荒。
叶落丛林愁晚照，花残败朵恨篱墙。
征鸿无际遥天静，留鸟有踪朋唤长。
到底枯心稍可慰，山桃碧色向幽窗。

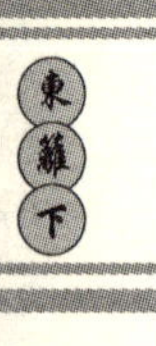

草 舍

前度一山月，今宵万粒星。
自家草舍好，风色幻幽情。

酒 情

昨又轻狂似哪般，冥冥一日醉三番。
当然非乃无聊事，山里淳情胜酒甘。

山房冬月夜

夜半林屋梦未成，窗前窗后月光清。
西风浅掠冬枯草，送过低吟野兽声。

记 梦

依稀梦里又学堂，旧物朋人故意长。
切切高师传业道，般般学子解书章。
谁同典论修辞好，伊共新说美发香。
篱外媚言菠菜小，醒来红日照寒窗。

萧瑟山屋

萧条光景自凄凄，更复斜风卷木篱。
林表枯枝吹又少，堂阴倒树振还低。

书楼夜

小楼寤寐夜眠轻，似感萧萧作恨声。
魂向幽燕怀易水，梦回秋舍忆欧公。
人皆蹭蹬伤失落，物尽封杀怨不平。
远处街钟如鬼唳，觉来面壁抱青灯。

礼拜与星期

道学儒教固根基，黄祖炎宗本夏夷。
不信耶稣无礼拜，时周总是道星期。

晚　归

日渐黄昏一缕霞，初冬景色半肃杀。
独行不怕山程寂，前路掌灯三五家。

讳论

祖先造语术不高，可恨未知今日潮。
数四偏得同死念，计八尤是共发操。
时人俗气如天柱，晚辈迷魂比鼠毫。
建议删除沾悔字，该学鸟兽把心交。

池鱼

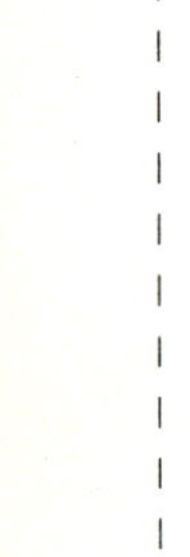

水满藻肥花叶多，一年无影奈其何。
冬来莲败见池底，红尾悄悄弄浅波。

师从韩其源

喜结如水谊，感做忘年交。
执手试提按，烹茶论管毫。
修携苏子显，丘拜老聃高。
争取今生路，能及智者桥。

【注释】

提按：书法中一种笔法。

管毫：管是笔管，毫是笔毛。

“修携”句：成语“出人头地”的原版。北宋嘉祐年间，苏轼到京城汴梁参加进士考试，主考官欧阳修看到苏轼的答卷《刑赏忠厚之至论》，以为是自己门生曾恐的，将本应取第一名的只给其第二名。后来得知是苏轼的文章，于是在仁宗皇帝参加的复试中擢为第一。欧阳修在给副考官梅尧臣的信《与梅圣俞书》中写道：“读轼（苏轼）书，不觉汗出。快哉快哉！老夫当避路，放他出一头地也。”

“丘拜”句：孔子曾向老子请教。

尾联：走路和过桥的比喻。

寒　潮

说欲寒潮过，忽然西北风。
霎时三万里，一卷半边城。

卖豆腐

气冽天寒地冻深，街空房寂悄无人。
老翁豆腐余温少，梆子依风响半村。

夏完淳

常思千古册，最忆夏完淳。
正气冲天地，豪情泣鬼神。

知文壮士举，明义少年心。
纵比昙花短，强如朽木根。

【注释】

夏完淳（1631～1647）：原名复，字存古，号小隐、灵首（一作灵胥），乳名端哥，汉族，明松江府华亭县（现上海市松江）人，明末著名诗人，少年抗清英雄，民族英雄。夏允彝子。七岁能诗文。十四岁从父及陈子龙参加抗清活动。鲁王监国授中书舍人。事败被捕下狱，赋绝命诗，遗母与妻，临刑神色不变。著有《南冠草》、《续幸存录》等。

当年京沪线经曲阜改道有叹

当年愚昧忌多深，只怕惊扰孔圣人。
路到门前强改线，地失机遇被封尘。
虽称曲阜宏堂伟，终变坟阿墓道深。
旧事悠悠成教训，不知何以鉴时今。

【注释】

光绪三十年（1904年），津浦铁路勘测线路，原定由歇马亭向南经孔林西侧直达邹县。衍圣公府以“破坏圣脉”、“震动圣墓”为由上奏朝廷，要求西移15里之外。后改道兖州。

赠人凌晨远行

闻道匆匆又早行，最牵忧乐在心中。
愿将厚意舒烦绪，且看征车步步明。

兄弟节

底事频牵念，闻说兄弟节。
忆曾粗粝少，慰此玉食些。
最叹丰缺异，深嗟新旧别。
临艰谁更苦，尽力奉娘爷。

魂销酒楼

牙月悄悄挂树头，冰风夹道正飕飗。
杨朱莫笑无欢乐，今夜魂销复酒楼。

【注释】

杨朱：先秦思想家，主张贵己乐生。

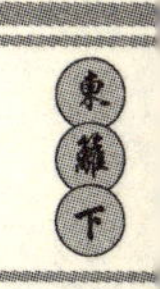

雪后再与亦云先生酬唱

其一

呼啸北风不忍听，漫川风雪万重冰。

今宵未有回城路，却做深山一日僧。

和

浪奏狂吹作乐听，兼风大雪万重冰。

铁轮碾破山关道，不做缩头懒惰僧。

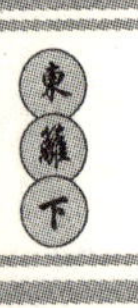

其二

山中雪积万重棉，截断红尘花月缘。

今夜欲归归不得，独居一日好修禅。

和

纵然长路雪绵绵，难断京畿旧客缘。

也似鹭林追远道，高朋结谊不修禅。

【注释】

鹭林：陈亮拜访辛弃疾，两人欢聚多日，陈亮离开后，辛弃疾不舍，一直追到鹭丝林，没能追上，惆怅而归。

其三

雪后谁吟咏雪诗，喜逢初雪一时痴。

寻常雪里参天树，大胜书窗无雪枝。

和

莫笑山民投冷诗，飘飘洒洒惹情痴。
惯识满目无穷树，今日窗前弄雪枝。

其四

快步登山快吟诗，北风摇乱雪中枝。
狂歌竟似能吹雪，几个文人雪后痴。

和

非是矫情滥弄诗，胸中素朵万千枝。
催情只为今朝雪，沸沸扬扬怎不痴。

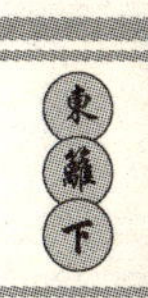

其五

如箭归心恨路遥，身边风雪自鸣条。
家中藏着云门酒，两个诗人饮一瓢？

和

不怕艰程雪路遥，情真意切作平条。
嗅得陈窖云门烈，莫笑贪多过几瓢。

其六

清风瑞雪两飘飘，玉振金声相互敲。
幽谷深林千万树，这山望着那山高。

和

千山万壑雪飘飘，落玉抛琼似乱敲。

才叹凝妆新妇好，又惊着素女儿高。

赠诗友

雪中几度已相邀，主客匆匆各自劳。

君子之交淡如水，今番无水以何交。

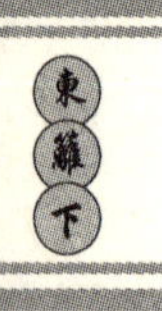

见小儿放学路上弄雪，因忆陈年旧事

小儿雪里闹街前，拨动幽思忆少年。

野趣时时随困顿，童真往往佐饥寒。

嬉归学路观磷火，晓步晨鸡过冻川。

也爱飘飘白絮好，每临捂向耳双边。

窗　花

地冻天寒大雪深，香消朵谢郁骚人。

天公毕竟三分爱，绣满窗花慰恼心。

秃笔

久运粗毫笔，疏锋乱似柴。
惯穷惜旧帚，不忍篓边拽。

【注释】

旧帚：化用成语“敝帚自珍”。

拽（zhuāi）：用力扔。

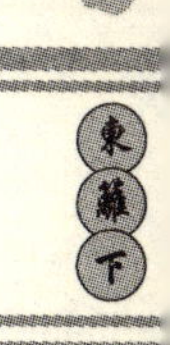

诗者之哀

日日爱行吟，诗情入腑深。
恰如骑士道，更比武陵人。
协奏招嗤弄，精篇受笑哂。
琴台芳草远，谁复解弦音。

【注释】

行吟：亦作“唫”，古代诗者的风采，边走边吟咏。

骑士道：以个人身份的优越感为基础的道德与人格精神，积淀着西欧民族远古尚武精神的某些积极因素，对个人的人格的爱护和尊重，为被压迫者牺牲全部力量乃至生命的慷慨勇敢精神，把女子作为爱和美在尘世上的代表，及作为和谐、和平与安慰的光辉之神而加以理想化的崇拜等等。这就是中古时代欧洲的骑士道精神。

武陵人：陶渊明《桃花源记》，“晋太元中，武陵人捕鱼为业。

缘溪行，忘路之远近……”此指过时的人。

蚩弄：犹侮弄。

笑哂（xiào shēn）：嘲笑。

琴台：指武汉市区的古琴台。相传钟子期听伯牙弹琴就在此地。

钱

钱自货殖通有无，而今作祟法门殊。
巧拨生死接双界，计弄乌纱管仕途。
随易怀情添美色，遍撷玩好尽玑珠。
更存赫赫高名后，可立坚碑可写书。

【注释】

货殖：指经营商业和工矿业。

法门：佛教指修行者入道的门径，或指佛门。也泛指门径；方法。

答客难

休道狷狷世路难，留得自性底心间。
催夭只乃刚毛锐，砥砺当为固本磐。
意有家山逐画走，情非楚殿拒王言。
随俗已把身赔尽，剩下灵魂作命钱。

【注释】

狷狷：洁身守志貌。

刚毛：人或动物体上长的硬毛，如人的鼻毛、蚯蚓表皮上的细毛。

“意有”句：清代女诗人朱柔则因思念长居北京岳端家的丈夫沈用济，画了家乡浙江的山水寄去，沈用济看过画立刻动身回家。

“情非”句：媳国被楚国所灭，王后媳妫被楚王占有，为楚王生了两个儿子，却始终郁郁不乐，也不说话。

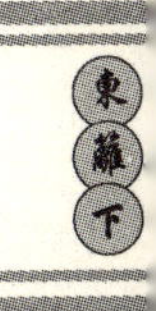

戏和亦云先生《同学聚会》诗

其一

三年中学小同窗，琅琅书声文字香。
落拓此身逢此世，当时辜负好春光。

和

记得雪案复萤窗，针股悬梁爱墨香。
蹭蹬而今何所道，读书无用废时光。

其二

江湖流转若飘萍，风雨余生仗剑行。
记得校园青碧树，家乡一片月圆明。

和

高年依旧似浮萍，沦没红尘踉跄行。

纵便谢家宝树好，奈何牛渚月孤明。

【注释】

谢家宝树：谢玄是谢家的人才栋梁，可以光耀门楣。早年谢安问谢玄等子侄，为什么子女对自己的事情并没什么影响，但是大家却都希望自己的子女能够有出息呢。谢玄回答“譬如芝兰玉树，欲使其生于庭阶耳”，有出息的后代像馥郁的芝兰和亭亭的玉树一样，既高洁又辉煌，长在自己家中能使门楣光辉。

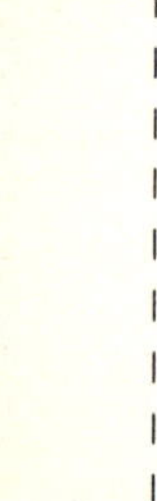

牛渚：东晋谢尚官镇西将军，镇守牛渚时，秋夜泛舟赏月，适袁宏在运租船中朗诵自己写的《咏史》诗，音辞都很好，遂大加赞赏，邀其前来，谈到天明。

其三

万里关河不自由，归来忘却旧时愁。

枝头好鸟喳喳叫，拭目相看两白头。

和

好在人身尚自由，朝夕不为肚肠愁。

三年二句排诗韵，捻尽白须剩皓头。

【注释】

三年两句：化用贾岛诗《题诗后》，“二句三年得，一吟双泪流。知音如不赏，归卧故山秋。”

其四

少年心事动如海，青涩音容犹未改。

满室春风入座时，一颦一笑想风采。

和

相逢心荡犹如海，往岁朦胧意未改。

两盏三杯续旧缘，恨不年少把花采。

其五

故园花好看还迷，四十年来草树齐。

回首当时几件事，皆如鸿爪印春泥。

和

故园信步又凄迷，木共江潭落柳齐。

最忆新芽小柳树，送迎春燕备巢泥。

【注释】

“木共”句：桓温北伐，看到早年手种的柳树已合围，感慨时光的流逝，“昔年种柳，依依汉南。今看摇落，凄怆江潭。树犹如此，人何以堪。”

其六

东风吹动沧浪水，渺渺清光冉冉起。

无限心情无限意，纷纷倾向酒杯里。

和

罡风沧浪一波水，唤取儿时陈梦起。
无尽幽思无尽情，几多欢笑干云里。

其七

风雨当年转瞬空，阳关道上各西东。
今朝济济一堂里，雨顺风调说岁丰。

和

同嗟万事转头空，百转江流必向东。
大业无功情尚在，稻花香里唱年丰。

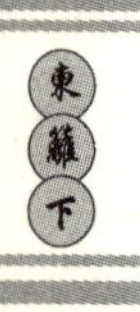

【注释】

转头空：比喻时光易失。如苏轼《西江月》，“休言万事转头空。未转头时皆梦。”

“百转”句：化用“百折必东”，河流不论有多少曲折，最后都东流入海。

“稻花”句：化用辛弃疾《西江月》，“稻花香里说丰年，听取蛙声一片。”

其八

旧事如烟一望小，心田犹长青青草。
书生未必老无用，犹爱夕阳无限好。

和

到底真情结发小，如同陌上青青草。
纵然野火贴地烧，岁岁春来吹又好。

【注释】

整首化用白居易《草》。

发小：方言，从小一起长大的朋友。

其九

碧叶红荷出画图，远香正待好风徐。
平安吉利人如意，要使年年皆有余。

和

筋乏骨怠竟何图，斜阳垂钓任低徐。
小康大同浑不管，泥壶只要酒常余。

其十

别去依依话吉祥，时时珍摄保康强。
诚心祝愿老同学，幸福人生日月长！

和

分挥此更话吉祥，最祝康直日日强。
劝加餐饭劝加睡，余晖灿烂剩时长！

【注释】

“劝加”句：化用陆游《梅雨初霁》，“客祝加餐饭，儿忧少睡眠。”

穷酸习惯

早岁艰虞过赤贫，穷酸脾性到如今。
尽食生蒜枯黄叶，先取白梨带烂菌。
饭粒粘来习指爪，菜汤冲去惯饴津。
大方莫笑山民陋，到底不能忘旧根。

小城黄昏

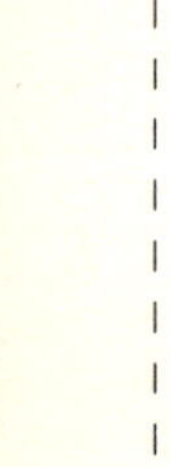

岁令已深冬，黄昏落小城。
嚷嚷人归语，喧喧车噪声。
天际浮云紫，楼头缺月明。
气温情自暖，白雪有残踪。

欢　乐

会当快乐感心间，主仆相随嬉道边。
贫女轻呼声又切，狗奴频应跳还欢。

冬月夜

都说秋月最迷人，我爱冬山月满轮。
光下当头如泄水，色沾雪地似流银。

峰接靛幕千顷盖，星点白娟一缕云。
何处铮铮出异响，柴扉落地有钢针。

山中梦

冬卧柴房一梦甜，醒来长夜未更阑。
雪投白色寒窗里，月挂红颜西北山。

叹新潮

常叹世风多浅薄，俗歌陋咏道新潮。
随诗无律空激荡，高唱失节任放号。
术业能将生活改，人文可把性情陶。
并非耗向新科技，是喜快餐时肚糟。

诗 叹

尽道人穷诗可工，此身已证理实明。
疲驴背上锦囊满，不似一言唱大风。

【注释】

疲驴：喻指贾岛驴背吟诗。

锦囊：指李贺每外出让书童背锦囊，有诗感时即写在纸上，投入锦囊，回家整理。

大风：指刘邦《大风歌》。

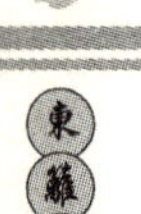

发展说

发展喧喧在口中，地区兴旺以何评。
非应耗力堆堂馆，不可扰民哗众声。
事必恢弘图后计，政当宽简惠黎生。
宜将人本为根要，勿做招摇假盛隆。

沂蒙道中

野界空长望，征车凌暮寒。
黑风沂水道，大雪穆陵关。
镇首三千里，岘途十九弯。
山城没前路，灯火已阑珊。

【注释】

穆陵关：位于临朐与沂水县交界处大岘山，是历史上一处重要关隘。

镇首：指东镇沂山，为五镇之首。

岘途：指大岘山。　没（mò）：隐藏，消失。

棉　衣

兼冰天气冽，带雪北风凄。
敢向风中走，全凭馈暖衣。

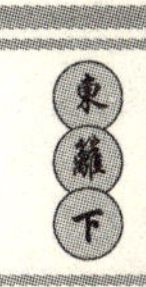

百合花

一步三折乃世尘，如何百事俱合心？
沉香艳色称高雅，可伴鹏程上彩云。

红掌花

娇娇艳朵异国来，养在温庭可慰怀。
红掌捧出鸿运好，支支都是幸福开。

平安夜

不信基督教，临充大牧人。
借得圣诞夜，高语祝欢心。

【注释】

大牧人：基督教中把耶稣称作大牧人（Great Shepherd），意思是牧养教会的人。

沂水旅游

沂水滋敦意，蒙山育厚情。
将征伏草枥，面岭做愚公。
无大夜郎地，非徒叶氏龙。
强如不织网，临岸羡鱼腥。

京　漂

闻道京漂事事难，感同身受是心酸。
也听酒肆卖宵唱，还见长街摆地摊。
毫管恼丢画堂外，歌陪哭倒玉阶前。
山民遍历今相告，处处黄尘覆九泉。

圣诞节

祝福声里看斜阳，山色城光各渺茫。
尽道耶稣生日好，不知圣主在何方。

话穷通

未必留名在汗青，当随通厄任情灵。
修身应继终生事，兼济只应天下明。
蒙顶耕勤年可尽，南阳田废汉不兴。
遇当戮力为兼济，失定悠然做舍翁。

无　题

别梦悠悠孤意深，山河已断旧风尘。
丁丁常告经时久，每忆崔徽画里人。

【注释】

崔徽：唐歌妓名。曾与裴敬中相爱，既别，托画家写其肖像寄敬中曰：“崔徽一旦不及画中人，且为郎死。”后抱恨而卒。事见唐元稹《崔徽歌序》。后多以指美丽多情或善画的少女。

无　题

昨宵围灶一家亲，今日阴阳各鬼人。
可叹青春亡非命，更怜父母断清魂。
强招寂寂孤儿魄，忍对双双白发根。
逝者如风无所道，不堪泪雨打新坟。

秋日晚归

气爽川原老，天夕落照红。
荒烟绕村户，霓彩点危城。
短陌牛羊怠，长途归客匆。
终归人事好，懒散望升平。

习 惯

自小散生在远村，蓬头王霸子为邻。
荒习陋趣随年去，只有读书日日勤。

【注释】

王霸：东汉光武帝时人，志向高洁，不愿涉足污秽的官场，光武帝几次征召他出来做官，都被他拒绝了。他与子女躬耕田园，怡然自乐，他的好朋友令狐子伯经不住诱惑，出去当官了，后来他的儿子在他的关照下也做了官。有一年，令狐子伯派做官的儿子乘车马来看老友王霸，王霸的儿子正在田间锄草，听说家里来了远客，高兴之下扛着锄头就回家来了，一个锄地的农夫，其形象是可以想象的，他蓬着头，脸上手上也有田间的泥土，当他看见从豪华的马车里走出一个气度形象都与农夫迥然不同的官员，不由得就有了自惭形秽的感觉，言语举止就猥琐起来，就像如今的贫民在大人物到家里看望时，缩头缩脑又不得不与大人物握手的那种情景。王霸看到儿子的表现，十分伤心，认为是自己的隐居害了儿子，导致他变成了这个样子。客人走了以后，他恼得躺在床上不起来，后来妻子安慰他，说我们选择这样的生活，只能培养这样的孩子，王霸释然。

无 题

病虎威半壑，强驴笨满身。
人间理无异，国际道同真。
猫耳徐良血，坚冰于子魂。
钓鱼虽好处，怎比渭河滨。

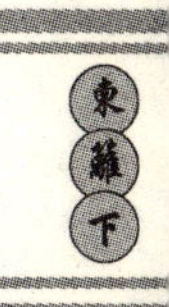

红楼情

日日读书似练功，红楼美梦最牵情。
人间冷暖无穷事，世态纷纭一册中。
每动柔肠三百转，屡拨幽绪万千重。
深更开卷缘何故，睡和精诗工不工。

酒 说

也壮英雄千丈胆，还催儿女万般情。
可惜常入无聊腹，惹是生非坏世风。

秋　山

逢秋多幻色，九月已萧条。
红果当风抖，白芒对日摇。
收完垄亩瘦，才种野坡糙。
最是牵情物，山山黄叶飘。

奖　杯

曾励三分面子光，金杯捧过已深藏。
案头此派时新用，充作雕炉燃炷香。

吟功说

吟得一字稳，捻断几根须。
虽敬忧心苦，还怜肠肚曲。
米丰炊易好，料满砌方足。
用字需精当，文功无异殊。

养　花

生在农村破落家，爱玩泥土喜栽花。

水汀间隙埋疲骨，尘世人前费口牙。
时购娇柔多旧绪，常不浇灌少闲暇。
到头案上何株有，仙指针梢开绢葩。

重阳节

重阳意密念双亲，毕竟古稀准老人。
不做矫情面子事，温凉细数过十分。

答 问

莫道凡间情义深，常如天际半丝云。
昨夕欢笑说相厚，今日开言问哪人。

秋霖夜

枯枝带露同萧瑟，黄叶兼霖共寂寥。
最爱山房秋事晚，茅屋一梦度深宵。

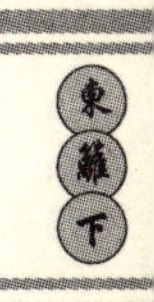

秋野

已是深秋天地哀，黑云又覆野原来。
依稀短木田头小，零落荒村遥际衰。
垄亩千项黄土远，枯禾万里断柯排。
大河无语苍波冷，寂水悠悠动古怀。

读书

常奉贤明尊圣言，也惜典册阅千篇。
修佛练道无穷事，不似书生文趣坚。

醉歌

昨夜酣歌共酒魂，归时凉露半阶深。
莫嗔越长越无态，情动枯怀十二分。

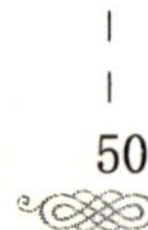

无题

雄儿伟列动强魂，飞弹奔艇起壮心。
纵便象牙三五尺，摇头不过唬常人。

秋　心

并非无据自秋心，物色肃杀入目深。
黄叶飘飞埋古道，枯柯摇落碍征轮。

书情与文情

四十学艺忘时年，日日习来寸寸艰。
人以精毫记情志，我将翰墨会前贤。

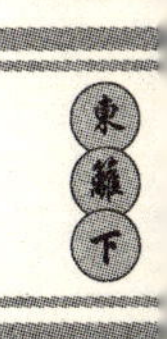

李梦阳

叹服伟抱少年强，也羡诗家古韵香。
更爱生儒节气好，皇都狭路铁鞭长。

【注释】

李梦阳：明代文学家。字献吉，号空同子。庆阳(今属甘肃)人。出身寒微，少怀大志。工书法，得颜真卿笔法，精于古文词，提倡“文必秦汉，诗必盛唐”，强调复古，《自书诗》师法颜真卿，结体方整严谨，不拘泥规矩法度，学卷气浓厚。他是明代中期文学家，复古派前七子的领袖人物。弘治六年(1493)举陕西乡试第一，次年中进士。因连丧父母，在家守制。直到弘治十一年，出任户部主事，后迁郎中。弘治十八年四月，因弹劾“势如翼虎”的皇亲张鹤令，被囚于锦衣狱，不久宥出，罚俸三个月。出狱后，途遇张鹤令，李梦阳扬铁鞭打落其两齿。迫于李梦阳的气势和皇帝先前的痛斥，张竟未敢声张。

无题

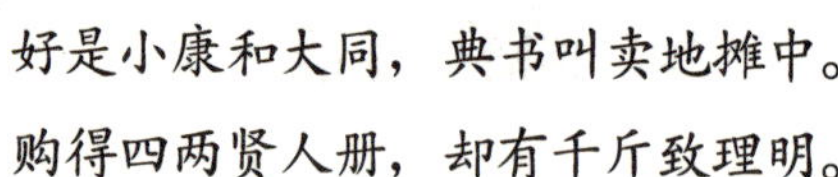
好是小康和大同，典书叫卖地摊中。
购得四两贤人册，却有千斤致理明。

【注释】

小康、大同：先人眼中的理想社会。

夜风

昨夜山风贴地吟，孤衾瑟瑟待朝晨。
天明不敢开窗户，怕是堂前落叶深。

秋山行

秋日山中一路遥，荒途野岭共萧条。
波推寒水平湖乱，风起衰林草木凋。
烟笼叠岑添冷意，日昏曲谷愈森潇。
峰回纵便新村处，败柳残花物色悄。

闲 怀

疏怀暇日好，随物养精神。
窗畔蝈蝈响，毫端古墨浑。
茶同辞意老，心共旧贤陈。
不管风和雨，书楼散淡人。

不 期

小小寰球世界微，友人欢聚不邀陪。
此时若念平时好，代敬高朋各一杯。

【注释】

素昧朋友不期而遇，相互谈起，方知同为山民好友，并以告。感世界之小，并以此相嬉。

气 箴

大事生烟无可说，小情上火为其何。
天循天律生常态，人各人怀无定模。
君子非因匈者易，时冬不为恶寒多。
随缘就势宽心体，宜自调节好快活。

【注释】

颈联：化用司马相如《答客难》，传曰：“天不为人之恶寒而辍其冬，地不为人之恶险而辍其广，君子不为小从之匈匈而易其行。天有常度，地有常形，君子有常行。君子道其常，小人计其功。”

山屋霜色

凡间秋未尽，林舍罩寒光。
夜半三分冷，朝来十里霜。
冰凌结败朵，碎玉点彤阳。
喜鹊枝头闹，清声遍草房。

三齐秋道

平畴遥际到天涯，无边黄叶胜春花。
野水残芦寒愈寂，荒村秋亩细如麻。

伤淳朴

淳朴从来赞不停，如同甘露最真情。
断绝心术适他意，无弄机玄任性灵。
可恨腐酸侵古道，奈何铜绿染时风。
璞纯已被金钱使，再动人怀又怎能。

月牙儿

前度邀杯共草棚，月牙今夜却朦胧。
莫非也做亏心事，不复清纯知脸红。

别济南朋友

酒美肴丰客舍华，更兼秘意绕诗家。
分挥歧路无多语，他日山屋共淡茶。

散淡心

散淡襟胸适自怀，欣欣无计染尘埃。
鹿裘带索因情乐，巢舍蜗居非世乖。
远胜前师饱甘烈，更多寒士享幽斋。
常思厥理时为念，好把俗心日日开。

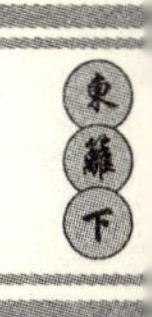

【注释】

鹿裘带索：指春秋隐士荣启期。《列子·天瑞》："孔子游於太山，见荣啟期 行乎郕之野，鹿裘带索，鼓琴而歌。"

巢舍蜗居：指隐士巢父。汉王符《潜夫论·交际》，"巢父木栖而自愿。"晋皇甫谧《高士传·巢父》："巢父者，尧时隐人也，山居不营世利，年老以树为巢而寝其上，故时人号曰巢父。"一说巢父为许由之号。

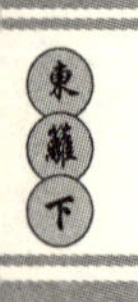

无 题

曾赏功德道善行，以为高士引为同。
自从海上风波后，恨如精卫望东溟。

初冬旷望

冰风千里远，一夜入冬深。
曲陌零丁树，荒坡白草根。
长河三五柳，旷野数家村。
遥岭皆岑寂，兼空脉脉云。

十三年祭

又届初冬意未平，当年失落大山中。
人稀草断寒鸦响，灶冷窗昏四壁空。
困欲争强最煎迫，穷不思变恁从容。
想来旧事堪嗟恨，五味杂陈怎胜情。

忆对联

诗入春联忆旧情，主席佳句烂胸中。

纵然不解深深意，咬字嚼词寸寸功。

小园荒色

何处感枯荣，小园时又冬。
池中睡莲死，墙下草莓青。

月　光

昨夜潮汐弄月光，东溟放眼四茫茫。
归来也有朦胧色，竹暗荷枯池水凉。

夜　步

归来一路晚风清，散淡心怀看小城。
曲水寒波动阁榭，长堤落柳幻霓虹。
流车光炫趋当紧，过客衣多时兆冬。
暂借芳樽好酒力，也同周穆上天庭。

【注释】

周穆：周穆王梦见自己随化人入仙境，后来又梦见驾八骏上昆仑山。见《列子·周穆王篇》。

大碗喝咖啡

生在农村性自荒，粘粥粗碗惯穷肠。
咖啡纵使西洋味，大碗盛来一样香。

过莱芜

野岭荒山落日斜，星村短陌各相接。
长林老叶全脱尽，白菜疏畦还剩些。
冷水风来涟不定，孤舟人去岸边歇。
袅袅何处炊烟起，摇动仙姿三五迭。

感恩节

美酒良宵散淡魂，归来一梦是凌晨。
半窗明月如嗔怨，愧不昨天报感恩。

赠同学之茱萸峰

每念茱萸峰，幽幽动愀情。
也怀兄弟好，最与古人同。

醉　箴

别笑轻狂态，休嗔放浪心。
真情付高友，实意共知音。
世态炎凉地，凡间薄幸人。
难得相媚好，当然十倍珍。

赠王军

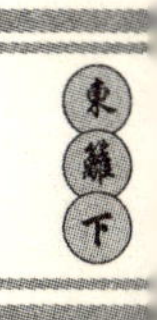

砥砺红尘步步艰，只将成败试酸甜。
勇结细网罗商事，敢弄文波载义船。
宜可宏图羡苏武，非当生计困陶潜。
天降大任苦心志，更把坚怀付壮年。

步韵戏和龚鼎孳《上巳将过金陵》

不管谁家玉树飘，任他代代野烟销。
浑身杨柳依风骨，随罢一朝更一朝。

【注释】

龚鼎孳（1615-1673）：字孝升，号芝麓。合肥(今属安徽）人。明末清初诗人，与吴伟业、钱谦益并称为“江左三大家”。崇祯七年（1634）进士，龚鼎孳在兵科任职，前后弹劾周延儒、陈演、王应熊、陈新甲、吕大器等权臣。明代谏官多好发议论，善于弹劾别人。等到面临选择时，却比谁都要无耻，龚鼎孳最甚。明亡后，他“闯来则降闯，满来则降满”。气节丧尽，至于极点。风流放荡，不拘男女。在父亲去世奔丧之时尤放浪形骸，夜夜狂欢。死后百年，被清朝划为贰臣之列。著有《定山堂集》等。此诗是其过金陵抒发的亡国恨声，笔者以为可笑至极。原诗如下：

倚槛春愁玉树飘，空江铁锁野烟消。

兴怀何限兰亭感，流水青山送六朝。

玉树：陈后主的《玉树后庭花》。

兰亭感：王羲之《兰亭序》所记上巳修禊盛事。

六朝：指以南京为都的六个朝代。

诗　格

诗自深心物化声，最牵人意是真情。

格低骨贱随风草，岂可偕同无射鸣。

【注释】

无射：周景王的大钟。

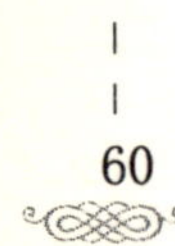

赠王同章

高扬正气在人间，更理雄怀上仰天。

纵使穷通不尽数，平生秀色自无边。

朋友次泉城有寄

闻说远道客泉城，频动荒州孤夜情。
谁共佛山纵歌舞，孰同湖畔弄箫笙。
舟摇水泛曾诗意，柳谢荷枯已浅冬。
送去阳关迭唱曲，自杯休怕醉颜红。

小城初夜

雾没楼台初放灯，通衢古道尽朦胧。
长河两岸游魂处，十万城家夜色中。

过山村

冬下山村景色寒，荒居瘦木弱阳纤。
竹障风中青欲老，鸭群水上戏犹欢。

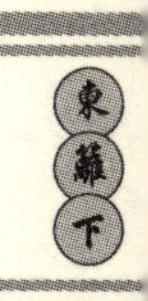

病　树

其一

剑雨刀风把骨残，霜欺雪霸历辛酸。
时人不恤凋伤体，供在堂前日日观。

其二

悬崖峭壁把身悬，生来寸寸是熬煎。
更受斫折三五次，人前无奈度余年。

其三

尊卑一目若昭然，我是伤心他是欢。
但愿不平分两界，休将此恨落人间。

重赏《天仙配》，再忆答辩归来旧事

欢唱再无奴役酸，残窑虽破避风寒。
喜说美满期来日，扇动欢欣忆旧年。
纵使或言非砥砺，当然自觉是蒸煎。
蒸煎去后新时好，也似归舟过万山。

【注释】

“也似”句：化用李白诗《早发白帝城》，“两岸猿声啼不住，轻舟已过万重山。”

扬州漆器

最爱扬州是古城，魂牵梦绕尽幽情。
追思故事如新事，怅叹漆工胜鬼工。
可恨当时说细密，奈何归后起皴迸。
贾商欺诈无多论，苦虑忧毒乃世风。

说起义

自古人间多反逆，倒戈未必出仁义。
甄别旧事明道德，重辨黑白得正理。

罡　风

宵分远外起罡风，罢笔投书意自惊。
弃置孤儿街泣语，断肠寡妇夜哭声。
深忧国破思包胥，痛恨君庸念蜀亭。
也是心情随事化，正如鲁迅故乡行。

【注释】

罡风（gāng fēng）：道教谓高空之风。后亦泛指劲风。

包胥：春秋后期楚国的大夫，是楚君蚡冒的后裔。此人品行高尚，重信义，他和伍子胥是好朋友，当年伍子胥因父遭谗被害而出逃至吴国，并于楚昭王十五年（公元前506年）用计助吴攻破楚国。申包胥赴秦国求救，但秦哀公拿不定主意是出兵还是不出，申包胥就“哭秦廷七日，救昭王返楚”，秦哀公终被其诚意感动而出兵求楚。楚复国后，要重奖申包胥，但他却拒不受赏，躲到山里隐居起来了。

蜀亭：三国时，魏伐蜀，罗宪领2000兵守安庆。他正率军苦战，却听到刘禅降魏的消息。罗宪率部在都亭连哭三天。

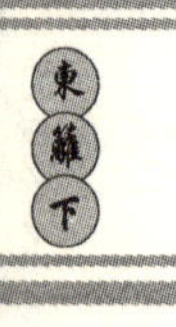

“正如”句：鲁迅《故乡》，“我所记得的故乡全不如此。我的故乡好得多了。但要我记起他的美丽，说出他的佳处来，却又没有影像，没有言辞了。仿佛也就如此。于是我自己解释说：故乡本也如此，——虽然没有进步，也未必有如我所感的悲凉，这只是我自己心情的改变罢了，因为我这次回乡，本没有什么好心绪。我这次是专为了别他而来的。”

野　水

废池野水自逡巡，毕竟天冬日日深。

断苇疏花虫鸟去，枯荷残叶老鱼沉。

无　题

忘却儿提苦，不觉今日甜。

磐石经岁老，艳朵历时残。

欲念求何尽，追怀无处边。

轻裘肥马后，孤切又盘桓。

澶渊之盟

每怀大宋恨澶渊，城下和约最笑谈。
虎豹成师堪烈女，糕羊勉列只阉男。
损兵折将犹凌势，掠寨拔营却费钱。
抱虑赍忧岂无据，琉球岛外正狼烟。

【注释】

澶渊：指北宋与辽制定的澶渊之盟。为争夺燕云十六州，萧太后亲率大军，直逼北宋澶渊（今河南濮阳），宋神宗在寇准逼近下，勉强亲征。最后在宋军取胜，辽军损兵折将的情况下制定“澶渊之盟”以宋每年提供“助军旅之费”银十万两，绢二十万匹而终结。

琉球：指钓鱼岛东北方向的琉球群岛，历史上属中国所有。

木兰辞

常念木兰一句强，磨刀霍霍向猪羊。
而今霍霍刀声起，已否警然朝大洋。

晨　趣

感似谁人注目光，歪头喜鹊探幽窗。
同时饥饿别无赖，早饭先得饱自肠。

无　题

新来无复自逍遥，恼看光阴去似潮。
岂是阻通被羁绊，更非财货把神劳。
习文未老心先老，学字不高年已高。
逝者川流何所计，任将平岁受锋刀。

冬　晚

时冬本惨淡，日暮倍萧疏。
天冷鸟声细，风针柏色枯。
残阳并霞落，寂水自幽独。
不比寒号似，呼朋向酒垆。

【注释】

寒号：即寒号鸟。冬天到来的时候，寒号鸟得过且过，不造暖和的窝，最终被冻死。

毛公怨

鼎沸多年一论同，国人众口怨毛公。
当从全面待厥事，宜照前缘改错情。
华夏千年封建久，黎民万代旧习多。
虽说不满极权治，怎可捷足到共和。
领袖根出民众里，群情牵定伟人行。
呼声不过达民意，决策绝非乃自成。
应就实情温旧事，勿离实际换新说。
后来探路曾迷水，往岁摸石也试河。
共济艰难披恶浪，一挥明断指前程。
故人时下言他误，同志当初引路明。
莫忘甲申年败绩，更怀德意志疯狂。
众人过错该众负，休教顶端一个扛。

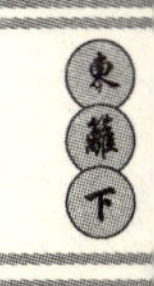

【注释】

甲申：李自成进京的时间。

德意志：指德国。第二次世界大战是整个德意志的疯狂，希特勒只是最典型的代表，但最后二战的责任全推到他身上。需要反省的不止一个希特勒。

冬　山

风止远山平，天高爽色清。

低丘涵落木，险壑挂虬松。
狡兔蒿间走，鸱枭枝上停。
岗端飞大鸟，嗷嗷两三声。

【注释】

鸱（chī）枭：猫头鹰。

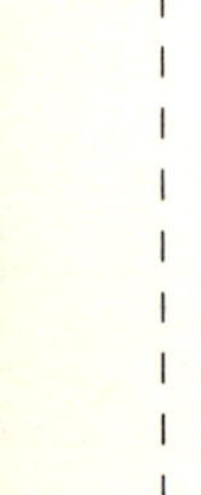

诗　绪

前度海边听浪潮，今朝山里感松涛。
惊声等有不平事，莫笑成诗绪不高。

夜　饮

山中饮罢晚风清，弦月悠悠照返程。
柴门听响才迎吠，草舍闻言已掌灯。

冬夜忽闻朋友关外夜饮以寄

闻说关外正推杯，千里朋情即刻随。
更劝三杯孤夜酒，心同明月送清辉。

冬雨欲来

闻将冷雨意先悄，初夜兼云风又高。
半月朦胧空寂寂，疏星惨淡各悄悄。
龙吟滚滚来幽壑，虎啸声声在木梢。
深卧山房独瑟瑟，感似柴扉已冻潮。

恨大明

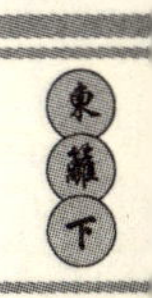

每念遗民恨大明，杂陈五味在心中。
戎贼暴戾生杀紧，朱室浑浊伥虎疯。
如若通朝治清肃，何须一树挂亡灵。
可怜最是人民苦，火热汤深抱旧忠。

索　居

荏苒红尘苦事多，索居连日竟如何。
荒心淡酒煎风月，白薯南瓜沸铁锅。

山　雪

断梦闻朝鹊，开门走敝庭。
群山飞浪雪，一睹满豪情。

革　命

革命当年竟为何，民生困顿令嗟哦。
贪官污吏侵夺猛，恶霸土豪欺诈多。
贫富悬殊常可恨，厄通失序费分说。
虽歌圣代无穷好，当以前车鉴后撤。

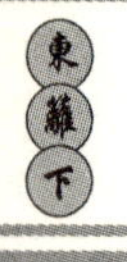

开　渔

渔村少妇笑颜开，今晚新鱼上灶台。
首日捕捞收获好，咱家美酒劝多酾。

解　嘲

自励读书日日忙，想来每度倍凄惶。
先生只似长工类，万卷不如钱一囊。
韩愈进学多困顿，东方嘲赋更忧伤。
而今常把诗文念，好做油翁沥线长。

黄岛暮色

雾里灵山岛，身旁金海湾。
台风过余力，浅浪啸危岩。
天际远轮渡，港堤归小船。
云沉夜幕早，遥火欲阑干。

黄岛之行赠高朋

昨日对虾肥似猪，今天海蟹大如驴。
口鲜腹润诚当悦，心密情和最可殊。
引作相知常慰藉，总添厚意每呵濡。
半生荒尽风尘事，更喜半生共世途。

问老蒋

自古权钱易动人，更兼传统报皇恩。
把持朝政失民意，随用资财丧众心。
宁弃荣华走荒野，肯捐富贵向山深。
去除信仰不同道，更是流氓办法蠢。

缅 怀

藏书哪册最忧戚，福尔摩斯探案集。
少小艰虞时命苦，恩师殷切望怀急。
借得名著多诡怪，开导村儿向奥奇。
屡次闻睹总失色，愁魂每度忆畴昔。

梦里诗成

林房孤夜景萧条，抛却芜杂意自高。
梦里成诗诗律整，只惜听雨带微潮。

深圳三十年

三十破浪动天关，已到河西这一边。
俨作倾国大都市，全非往日小渔湾。
高瞻远瞩破成律，伟略雄才为世先。
辱骂声高犹在耳，不知何以鉴来年。

小园情

小楼半日任闲情，宜面逢头志念慵。

练纸粗糙挥浪笔，茶皴散漫品香茗。
随抛睡眼观云色，懒傍丝帘听雨声。
堂下可怜谁处响，风竹无力泣寒虫。

与旧友长话有寄

十载分别后，红尘各自忙。
长波传笑语，情与旧时长。

书法恋

连日疏毫管，操书几忘情。
转折如有意，点画似含情。
午过不思饭，杯凉未品茗。
欣欣此中意，只与旧贤同。

香　车

长衢坦荡贯华城，异卉芳花十万重。
遥过香车弃杂物，不如姥姥进荣宁。

美　女

谁家美女艳如花，陋语俗言笑掉牙。
缄口当和牡丹似，开腔一逊比桑麻。

再送大姨

又送大姨之美国，分挥此刻意如何。
来年戮力成金谷，也是惺惺心一颗。

典　书

炼书精册历千秋，犹似餐桌杠子头。
留待时人说劲道，坚牙细品慢悠悠。

【注释】

杠子头：青州一种饼，用木棍做杠杆，杠杆底部压面，使其坚硬无比，以此做成烤饼，质地坚硬。

劲道：方言，犹劲头。

骗子

新来骗子惑频繁，一日干扰三五番。
欲骂欺人实可恶，念及卖蔗却无言。

【注释】

卖蔗：指刘基《卖柑者言》：卖者笑曰："吾业是有年矣，吾赖是以食吾躯。吾售之，人取之，未尝有言，而独不足子所乎？世之为欺者不寡矣，而独我也乎？吾子未之思也。今夫佩虎符，坐皋比者，洸洸乎干城之具也，果能授孙吴之略耶？峨大冠，拖长绅者，昂昂乎庙堂之器也，果能建伊皋之业耶？盗起而不知御，民困而不知救，吏奸而不知禁，法斁攵而不知理，坐糜廪栗而不知耻。观其坐高堂，骑大马，醉醇醴而饫肥鲜者，孰不巍巍乎可畏，赫赫乎可像也？又何往而不金玉其外，败絮其中也哉！今子是之不察，而以察吾柑！"

秋意

秋意山中日日新，朝来何事动幽魂。
岭间柿果红初染，灰鹊归来已似云。

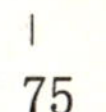

洛阳行

旅道三千里，孤篷一夜征。

家山动别绪，河洛感幽情。
意共奔车远，诗随古念成。
遥灯幻明灭，谁与此怀同。

夜　行

长途孤夜自西征，车噪风悲梦不成。
才去彭城千古地，霓灯灿火又开封。

临玄奘寺有怀

颖慧聪明冠古今，志刚心毅泣人神。
如将才智传科技，当比极星耀众辰。

过白马寺

万古第一寺，佛家入汉源。
沉浮多少事，毁筑几曾难。
深信规则好，不疑律令宽。
假如施法力，何以每残垣。

小山禅师

古塔层层墓道深，小山冢下忆先人。
虽修禅法绝俗念，却爱家国弃自身。
尽道慈悲当释本，谁知除恶净佛门。
浮屠扼腕心潮荡，昨又倭奴霸海轮。

少林寺

自小常听话少林，身经闻睹撼幽心。
高堂古木沧桑事，碣语皇书圣主恩。
武道千秋遍天下，禅宗万载始初根。
欲知功业今何似，枪棒声中起梵音。

龙门石窟

其一

细缕繁雕惊视睹，先人旧事骇心头。
虽怀信众慈悲念，更叹精工一目收。

其二

一处佛窟一喜忧，万千石刻万千求。
善根想必深深种，故事及今说未休。

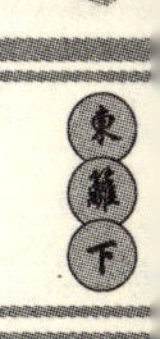

其三

善男信女时时有，伟岳雄川遍九州。
毕竟龙门楼近水，屡输国力赖王侯。

白乐天墓前随寄

浊浪滔滔伊水长，叠山曲岭郁苍苍。
秋兰翠柏环高墓，木案石炉散古香。
劲笔留文残赋老，精雕投意细碑凉。
英灵莫恨无人继，千载随诗一韵长。

步韵和杜牧《兵部尚书席上作》

九原知己每思怀，今赴东都探李宅。
红粉不知何处去，杜公只在一边埋。

再赴洛阳

几为生存赴洛阳，无心胜迹并花香。
年高骨惫多忧绪，意悴情衰尽古肠。
帝所荒城添旧恨，牡丹娇葩续沧桑。

王尊士雅皆尘土，归去当挑肥草冈。

别洛阳

几日自孤程，中州梦幻中。
杂芜扰诗绪，陈迹动高情。
客舍无良伴，先贤有古踪。
今朝离去后，永系洛阳城。

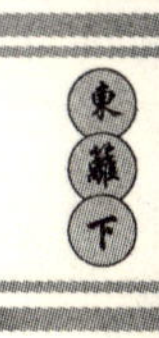

云上随感

一跃排空上乱云，白毛万里慰劳心。
近天高处诚然好，只是天宫无众神。

黄河澄泥砚

楚人矛盾市间说，不解荒民畅意多。
拟借黄涛一把土，墨如狂水写山河。

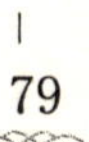

【注释】

“楚人”句：《韩非子·难一》，“楚人有鬻盾与矛者，誉之曰：‘吾盾之坚，莫之能陷也。’又誉其矛曰：‘吾矛之利，于物无不陷也。’或曰：‘以子之矛陷子之盾，何如？’其人勿能应也。”这是成语“自相矛盾”的出处。

山中秋色

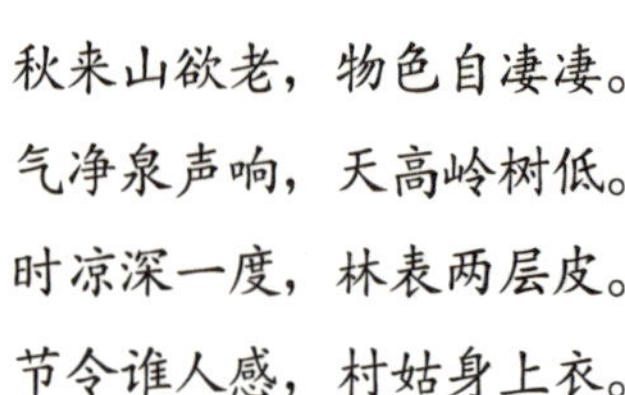

秋来山欲老，物色自凄凄。
气净泉声响，天高岭树低。
时凉深一度，林表两层皮。
节令谁人感，村姑身上衣。

林屋秋雨

农谚不欺时令艰，一场秋雨一场寒。
城中桃李愁无色，篱下葵蓼更苦颜。
鼓壑阴风杂虎啸，穿堂黑雾带龙涎。
温茶岂补单衣冷，烈酒和书慢慢煎。

中秋祝语

岁复中秋念古情，风怀不与旧时同。
纵然阴雨无明月，美酒朋心一样浓。

河洛情

前日中州深处埋，醉翻河洛意不衰。
清晨喜鹊枝头闹，疑是金乌报信来。

【注释】

河洛：指河洛文化，华夏文明的根基所在。

金乌：神话中传信的三足鸟。

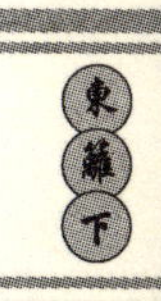

中秋明月

昨夜连绵雨，今宵无片云。
苍天如有意，明月不欺人。

半岛途中

气爽风清云脚低，寥山冷水两依依。
满原秋色征心远，一目红霞落日西。

烟台夜

初夜三千里，白灯十万家。

月上芝罘岛，潮侵平岸沙。
渔舟锚己稳，晚渡欲征发。
浅浪摇光影，粼粼胜彩霞。

他乡月

一朝八百里，无意恋家山。
只要真情好，他乡等月圆。

黄道吉日

今天吉日兆人间，剖腹结婚好事繁。
生子当全能富贵，配成保证到终年。
恢恢天道只规律，漫漫人行有自缘。
如若良辰方可做，余时世界共休眠。

威海落日

日下西峰草树间，余晖缓缓落沙滩。
清波运载归轮渡，绿岛环拥碧水湾。
潮退零星赶海客，浪推三五小红帆。
长堤放目观不够，欲把风光作大餐。

海边旅宿

海边旅宿自闲情，客舍幽幽一睡浓。
墙底伤时疲籁响，窗前催梦海潮声。

醉在威海赠塞罕坝朋友

莫笑酒酣十二分，昨天坝上有来人。
怜渠创业说艰苦，更爱高朋友谊真。

海岸晨光

其一

醉卧海边一梦长，潮汐阵阵唤孤窗。
漫依水榭舒慵目，万里清波戴早阳。

其二

好是潮汐情意长，轻推沙岸似由缰。
昨宵远去三千米，晨向弯堤慰客肠。

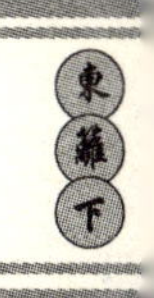

荣城海岸

中秋好风色，同游大海边。
细波接绿岛，碧水共蓝天。
一轮远征渡，无数打鱼船。
淡荡孤舟小，村翁放钓竿。

赠别河北朋友

高堂论发展，东海感龙腥。
挥手征车远，投诗祝顺风。

与塞罕坝朋友同游成山头有寄

昨宵威海卫，今日成山头。
把酒说高谊，媚言结共游。
因波观大海，临岸看渔舟。
同说千里外，遥怜坝上秋。

重上刘公岛

屡次登临屡动情，重来今又感不同。

水师堂下频频吊，前日倭邦扣弟兄。

北洋水师

为保平安立水师，壮儿铁甲展雄姿。
弱邦乏策充实力，娼妇奢怀变海尸。
剖豆分瓜岂无据，家亡国破早当知。
海疆纵目八千里，正可伤秋叹古时。

吊邓世昌

凝思无语水师堂，最忆人杰邓世昌。
四五捐躯赴国难，同庚谁可慰愁肠。

海湾风夜

今夜黑风恶，波涛怒海天。
惊声噬渔火，排浪弄沙滩。
远岛失娇色，家灯多苦颜。
归舟断人迹，无语避村湾。

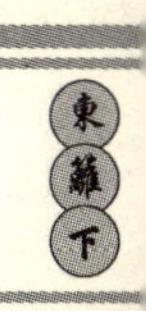

会上听改革有感

其一

隼鹰厉喙备余生，百兽脱毛好过冬。
弊制改除何所益，摆脱羁绊好中兴。

其二

尽道改革大业成，临当态度各不同。
自身利益安能少，手里柄权怎可空。

其三

改革当可助繁荣，敝帚自珍仍是情。
虽知酒肉无穷好，偏爱萝卜和大葱。

观沧海

碧海蓝天艳照阳，沙堤放眼意苍苍。
连波旷水如原草，斜浪白花似牧羊。

学书法

尽道学书仿大家，我言精酿采繁花。
东撷两划虽钢键，西取三折亦粹华。

淹贯众长成一体，融合历代创新葩。
崇贤习古为根要，独展风光上险崖。

书法恨

今日停书意志悄，望洋兴叹自相嘲。
三年功力如尘浅，万里征程似海遥。
提按灵工埋劲笔，露藏巧计运精毫。
四十尽道不学艺，奈何古迹把魂销。

说《孝经》

先师有道故理明，济世经邦从孝行。
善待双亲应自始，安身立命是其终。
人怀恶贯难为继，国态纷纭多不平。
万载生生纵风化，宜将时律幻达通。

晨读

曦光底处晓钟声，清角山前细柳营。
不管又将何处醉，先嚼几页在心中。

赠　人

匆匆半日仰天山，一路辛勤无刻闲。
美媚休嗔秋色冷，相邀明岁秀无边。

光棍节戏语

三条光棍汉，一朵美婵娟。
今此伤心夜，荒城理旧欢。

讲诗于经济学院

学堂随意话精诗，多少俗怀和陋词。
最爱殷殷好子弟，更惜惓惓望龙师。

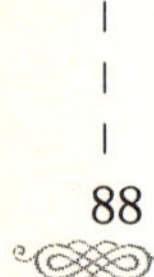

醉泉城

曾经无数醉泉城，昨夜癫狂最不同。
老友拳拳说旧绪，新知切切道朋情。
杏坛博士常青眼，府第同乡挽臂肱。
纵便秋霜阶下冷，分携高绪恋霓虹。

初　寒

匆匆几日世俗间，走马经纶无刻闲。
闻道冰风一路走，暇时感已是冬寒。

郭明义

感如往岁好雷峰，尊道法宗博爱情。
仗义疏材金玉想，利人舍己灿然行。
宜推善意蒸黎庶，更化宽怀公仆中。
冀此梁山无草寇，神州处处宋公明。

旧　书

贫习不断购书新，架上陈籍感最亲。
不是矫情惜旧帚，章中点划累功深。

蝈蝈恨

蝈蝈又警眠，寤寐几三番。
乏响粘忧语，丝声抽夜寒。
知吟节令苦，不恤世情难。

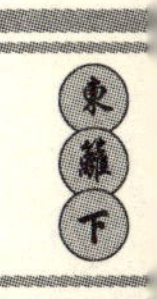

说与秋虫道，愁弦莫更弹。

藕

陈酿金杯厚，玉碟莲藕香。
莫嗔丝不断，直比旧怀长。

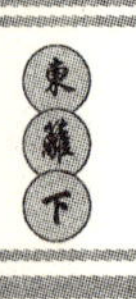

冰 风

云暗沙飞日色冥，天时一变入寒冬。
黑风卷地八千里，掀动诗怀十万重。

勤务员

史称俗号为刀吏，今换雅名勤务员。
或笑身微无大用，谁知位重系粮钱。
从来办事人求我，每度偏隅自霸天。
任道心良还性恶，随称鬼蜮或人关。
向来深府多魑魅，自古衙门多劣官。
开口卑躬勿他论，进门堆笑是当然。
动心小费别羞涩，落笔红包不用谦。
别处生财皆有道，俺家聚货赖强贪。

莫忧虫豸户枢底，休怕蚁穴堤下边。
隼翼丰盈维铁政，雄师威壮守江山。
只营私利图肥厚，不管江山更几年。

朋友别哭

远外忽闻道苦毒，长心厚语劝别哭。
文人寂寞从来有，才女回肠谁处无。
好在荒亲共忧乐，更兼内友并沉浮。
望收杂绪加餐饭，明日伯牙赖解读。

【注释】

伯牙：俞伯牙遇到柴夫钟子期，钟子期感叹俞伯牙的音乐“巍巍乎若高山，荡荡乎若流水。”这就是著名的“高山流水”。钟子期死后，俞伯牙认为世上已无知音，终身不再鼓琴。

沂蒙行

轻车款款下沂蒙，还是万家灯火明。
客舍霓光依旧在，零丁不见醉颜红。

天 平

技术科学日日精，做得工密好天平。
详称权力成交易，细算人情计价明。

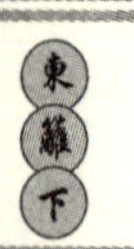

两种现象

其一

控把人言入瓮中，只余金铸喇叭声。
是非颠倒时时有，说教当然不动情。

其二

礼义千年虽大成，从来叛逆世心中。
正常说法多不信，反面文辞惯爱听。

【注释】

“只余”句：指美国作家奎因的名著《雅普岛上部落的奇风异俗》中关于金喇叭的故事。

野 宿

终日风狂草舍难，更深意并野荒煎。
山空最感冬宵寂，地僻才知星色寒。

窗后巢多无鸟响，篱旁语细有人还。
孤怀倩与谁相共，翰墨初湿诸子篇。

寒潮

闻道寒潮欲下时，山中寂水最先知。
宵来曾与芦根冻，过午冰凌犹半池。

喜鹊

其一

常住篱边已有情，冬来不忍弃山翁。
群居瑟瑟茅屋傍，不管东南西北风。

其二

喜鹊为邻最不同，学来巧筑胜人工。
别家零落皆孤立，俺处精巢四五层。

无题

求田问舍笑曾经，还束高阁般浩公。
常忆军前司马懿，也怀观射卖油翁。

【注释】

求田问舍：东汉末年，广陵太守陈登见胸无大志的好友许汜来拜访，问他有什么事情。许汜说只想谋求田地，购置房产，陈登只是简单招待他，让他睡下床。几年后，许汜在荆州牧刘表手下任职，同刘备谈起此事，刘备说："要是我就会让你睡地上。"

高阁：庾翼是东晋人，他从小就有过人的才智和远大的志向，作战中屡立奇功，被封为都亭侯，官至征西将军。与他同时代的殷浩也很有才能，而且长于高谈阔论，20岁的时候，就出了名，后来做了扬州的刺史，不久又调任建武将军，都督扬、豫、徐、兖、青五洲的军事，但是在后来的战役中却屡打败仗，被革了职。有人向庾翼建议，让殷浩重新出来做官，庾翼对此不以为然，他认为殷浩是一个徒有虚名的清谈家，只会高谈阔论，而没有真才实干，于是带着鄙夷的神情说："他像无用之物一样，只好把他捆起来放到高楼上去，等到天下太平后，再来考虑任用他。"

司马懿：《三国演义》第九十五回，"却说司马懿回到寨中，使人打听是何将引兵守街亭。回报曰：'乃马良之弟马谡也。'懿笑曰：'徒有虚名，乃庸才耳！'"

卖油翁：欧阳修《卖油翁》故事。

感　遇

古来学问见真功，非乃妄谈非矫情。

阅尽方能解高下，历经才可辨达通。

望洋兴叹河伯愧，坐井观天蛙想空。

闻过悚然应自警，还将余岁向高成。

黄鼬盗鸡

少小时常孤夜惊，寒家黄鼬盗鸡声。
邻居长吠穿一村，院里高嘶回半空。

海　嗽

莫问新来体若何，南泥茶具草汤多。
昼咳欲把心肝碎，夜喘时朝被底缩。

龙抬头

二月春来暖气吹，龙头初动浅蛰微。
不知耘种收多少，也备犁耙也弄肥。

市　井

自谓超脱绝世尘，复掺俗事费精神。
果园争斗无非是，胯下匍匐乱假真。

河混阿胶不可用，流多泾渭以何分。
经邦佐国谁为计，礼义刀枷一并存。

二月初二惊蛰戏赠同学夜宴

蛰迹龙头一日同，九州万里共春风。
高朋此际华堂会，也似蛰出也似龙。

阙　题

木静风约气象新，红阳半缕倚朝门。
是非昨夜嘈杂事，已似无踪过眼云。

离别赠朋友

高朋可是梦还香，山客飘然去远方。
心底酬怀腹中酒，成诗一并谢情长。

离　京

想必山园晓色明，皇都阑夜尚朦胧。

应读典册伏温榻，却抗晨寒赴远程。

早春行

铁骑早春路，飘飘破野烟。
千条开冻水，万里返青田。
谁灌禾苗细，谁耘垄亩宽。
等为耕种苦，颠沛旅途间。

杞人忧天

东洋核爆震八方，最撼龙民脆肚肠。
抢购盐巴慌又乱，疯食碘片死还伤。
科学有道凭实据，高士言达利国邦。
一己忧天无大害，众人愚昧费惆怅。

别样礼义

同胞死难悼归人，信是儒家礼义真。
倭盗扣船争国土，为何媚骨吊洋魂。

有感于利比亚事件

其一

内争势弱异邦侵，此理昭昭并古今。
外力禁非开始步，明朝干涉恐将深。

其二

非洲狮力最不群，伤病常遭豺狗分。
小邦纵有强彪势，一旦离析爪齿森。

其三

弱肉强食道理真，断无例外可相循。
百年事过还如昨，沆瀣当初八国军。

其四

侵盗列强本性深，还将此意警时人。
出家纵便慈悲态，勿望皈依遍世心。

谋　事

济世本为难，精心使大权。
经纶需稳定，振奋必雄悍。
仁爱当然要，王风不可偏。
民膏敛财厚，国事用途宽。

善谋发展策，严格腐败关。

临灾宜共度，遇乐可同欢。

侵盗加钢血，害群挥马鞭。

澶渊岂无恨，还复靖康酸。

【注释】

钢血：借指普鲁士宰相卑斯麦“铁血”政策。

害群：黄帝曾向小孩子请教治国的办法，小孩说：简单。就像我放马，驱赶害群之马。

澶渊：指北宋与辽签订的赔款求和的“澶渊之盟”。

靖康：靖康二年四月金军攻破东京（今河南开封），在城内搜刮数日，掳徽宗，钦宗二帝和后妃，皇子，宗室，贵卿等数千人后北撤，东京城中公私积蓄为之一空。北宋灭亡。又称靖康之难、靖康之祸和靖康之变。

新人类

无意贬低哪代人，却多恶性虑怀深。

标新立异虽堪恤，不义失忠坏国根。

拔　牙

家仇国恨扰清魂，切齿声声表怒心。

拔去残缺无所道，可惜不可咬牙根。

访孟庙

亚圣仙踪岱岳阳，轻车一路拜宗乡。
劲槐苍柏幽冥落，古殿钦碑朱色墙。
孟母三迁每殷切，儒学七撰各昭彰。
前贤高论谁人继，红炬香烟绕画堂。

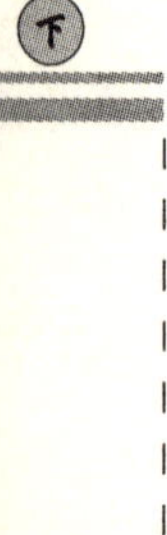

【注释】

孟子七撰：指《孟子》一书，分别是《梁惠王》上下篇，《公孙丑》上下篇，《滕文公》上下篇，《离娄》上下篇，《万章》上下篇，《告子》上下篇，《尽心》上下篇。

春　路

辞罢曾家拜孟家，归程儒道畅风发。
岱峰还似千年镇，春柳强如万里花。

结　婚

声声鞭炮断梦魂，前栋欢腾早娶亲。

传统多杂新气象，普通话里半乡音。

小农意识

俗语常言笑品低，萝卜快了不洗泥。
寸光鼠目无长视，陋策经纶只短期。
竭水而渔鱼渐尽，杀鸡取卵卵将稀。
小农意识非持久，利己利人方适宜。

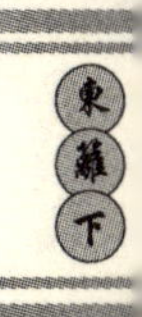

偶　闲

连续劳春事，难能半日闲。
香茶沾草楷，散步对池园。
老叶残冬筱，初苞弱牡丹。
情疏意当远，体放赖心宽。

问杏花

暖气微微入万家，河开冰泮柳枝发。
伊人城下春怀切，屡向山民问杏花。

孤　愤

俗言道理真，知少睡眠深。
误进科班道，空消名禄心。
着天断相假，落地亦无门。
应废半生得，渔樵致此身。

真　理

推磨抛钱使鬼魂，古来俗语信为真。
国家大事多花费，个体微情只薄银。
楚后珍奇废合纵，秦商财货变家身。
年衰历尽实无奈，空守操行话古今。

公冶长书院

古井残碑寂寞深，石羊高树探荒村。
礼崩乐坏时时有，最忆山中解鸟音。

杂　说

一朝天子一朝臣，一个大王一类人。

不等山丘不等貉，不同为伍不同门。
欧公朋党评析白，宗子报书格调新。
明了世间厥事理，乐归野舍木相邻。

草和苗

护草当初不要苗，自封固步传家宝。
苗皆收获饱中华，反省如何思想好。

春题湖上

二月多明媚，最娇湖上春。
风来涟影细，船去浪波深。
半壁青山老，一堤黄柳新。
欢言谁并好，三两步游人。

韭　菜

二月新温时步悄，小园半角见春潮。
最欣韭菜报天暖，一阵和风两寸高。

朋友以古歙砚相赠以寄

知爱文房四宝深，良朋古砚赠山民。
龙头疑最托高意，残迹知多历旧人。
曾或卞和伤玉碧，可当会稽蘸将军。
今以习书将努力，莫辜胜友负先君。

步韵和朋友以自嘲

歌风吟月一书郎，半是文人半酒囊。
无奈附庸李杜笔，雍门啼处又长腔。

潘金莲

即使侏儒武大身，却当工具救张门。
女儿虽也千般苦，夫婿岂非一份恩。
天教生来成不屑，非该丧命变冤魂。
纵情放性说今日，别害无辜道理真。

酒 情

其一

未向低级趣味多，未伤人事害家国。
无非调剂情还义，稍碍俗身又奈何。

其二

养人养物各不同，维系人间处处情。
若念杯中此用好，当给烈酒记高功。

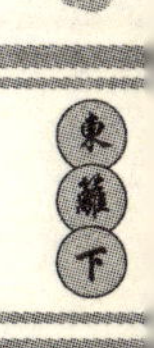

老同事闻声知来有寄

终究故人好，音貌挂心怀。
咳嗽一声响，便知山客来。

晚 归

天时数九日，山里渐黄昏。
初照村灯冷，才归慰语频。
长坡白已尽，肠道雪独真。
无意观长柳，冰坚河冻深。

赠老同事们

共日一生不较多，今宵同乐意如何？
穷通贵贱无关要，旧事余年慢慢嚼。

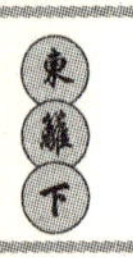

醉营丘

纵是隆冬遥夜寒，营丘古地意绵绵。
三分殢酒红尘梦，万丈人怀浮世缘。
宁可廷前滥吹奏，不同高处泣牛山。
浓霜滑马分挥去，弦月如钩各路宽。

露筋祠

其一

守操自古唱喧喧，应固根心满世间。
夜丧蚊虫究可叹，不知人命亦关天。

其二

中华文明满书篇，时将人命信草菅。
愚忠盲孝非民计，王者操来好弄权。

【注释】

露筋祠：位于高邮城南15公里。传说盛夏的一天，露筋女与嫂嫂二人步行去高邮，行到露筋镇天色已晚，闪电频作，雷声隆隆，大雨滂沱。那时露筋镇尚未形成村落，更无旅社，只见河堤旁有一茅草棚，嫂嫂就上前打听，里面住着个四十上下的单身男子。嫂嫂要求借宿。那男子虽生活窘迫，但为人和善，特地将自己的床腾出来，自己却用一张芦席睡在地上。姑子恪守“男女授受不亲”的古训，力避嫌疑，坚决不肯投宿；嫂嫂也劝她不过，只好由她去了。姑娘行了一天路，疲惫不堪，独自在门外睡着了。这时草莽中的蚊虫四处出动，疯狂肆虐，姑娘的身上嘬叮着黑压压的大片麻蚊。东方既白，嫂嫂开门一看，姑子耷拉着脑袋，停止了呼吸，身上的每一根筋都像一条条蚯蚓般地暴起。人们为纪念、颂扬她的贞节，在她死去的地方兴建了露筋祠，称她为露筋女，并立碑刻石，以昭后人。

戏 言

渔父收筐挂宝珠，猎人追兔捡蘑菇。
意外得来觉亦好，运足不必费工夫。

赠同学

闻声觉倍亲，谋面更如春。
纵便相分久，无更少岁心。

北京夜色

不尽宵天不尽城，万千高厦万千灯。
通街棋布霓光闪，迷馆星罗灿火红。
复殿窗前犹漫舞，重阁深处似歌声。
轻车紧步长虹道，唤酒频频一片情。

辞帝京

朝披紫日去皇京，别语朋怀壮远程。
双袖余香思舞步，腹中残酒忆歌声。

调侃北京新气象

其一

闻道京人脾性柔，疑为环境帝都优。
车行恰与蜗牛似，涵养知从路上修。

其二

宽街阔路四达通，怎奈华车限号行。
车载步趋无紧要，最怕呼吸来日同。

归　程

一望家关慰客心，驰烟驿道似轻云。
曲河冻水触堤裂，野火浮烟贴地熏。
白日千波明旷目，长风万里送归人。
木槎稳泛星天好，不比凌空驭铁轮。

天安门广场立孔子像有寄

中华传统古来多，孔子言行树典模。
约束人心实可用，废除礼义奈其何。
自欺欺世乱纲目，掩耳盗铃宣假说。
行动无不赖思想，要须根正利家国。

网络新词

其一

词性任更说给力，无中生有道浮云。
将来或者失伦辈，口里随呼乱祖孙。

其二

祖国文字细如丝，达意传情任密织。
目不识丁反创造，竖横随凑做新词。

家中月

皇都满眼是繁灯，不见当空月色明。
庭户逡巡情最切，寒光似落玉簪声。

海岱行

海岱冬来景色荒，长途放眼倍凄凉。
凝河裂道皆冰冷，落木遥村尽土黄。
平野无边乏影迹，麦畦半死有白羊。
最是风中知寥落，陌上危巢意自伤。

讨论会有感

世情国事乱糟糟，控扼如何道法高。
欲把龙蛇阶下死，宜将七寸下锋刀。

龙门吟

鲤鱼都爱跳龙门，崖底流急渊亦深。
一万粉身碎骨后，万一疲病上青云。

邓丽君

耳边或起旧歌音，每忆当年邓丽君。
雅态甜声谐少梦，芳情幽律醉迷魂。
曾忧堕落拟除草，也恨糜糜欲断根。
怨女已随辱骂远，何将吸取问国人。

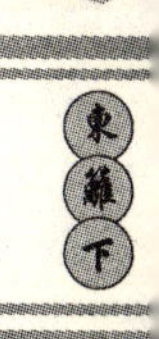

说　孝

常念双亲数孝行，扣心窃问可真诚？
也跟儿女等牵挂？也较家妻待遇同？
少空说来真少空？不能每道是不能？
理当敬奉余生短，莫待成烟愧欠情。

落日怀远

岁末劳心远，日夕独倚楼。
疏林涵落照，霞色罩峰头。
雀噪兼风冷，寒城共晚愁。
不知山水外，可并一怀投。

古　韵

古韵已如东逝波，或当玄要作高说。
既然肢解无穷册，再解一肢不较多。

无　题

烤火山中燃木薪，寒衣肺腑遍香熏。
家人不解荒居好，笑似当年卖碳人。

松　恨

耐旱忍瘠在磊岩，雷霹电圻度穷年。
虬枝因受刀风刻，臃干是遭虫鸟穿。
老态反招俗眼爱，浮情硬向丽城搬。
气蒸土碱朝朝苦，几日能支街道边。

小　年

此夜欣欣过小年，灶王好事望多言。
从今莫笑失常态，放纵无非这几天。

案上梅花

又是新春处处情，神州一片贺年声。
浮怀过后归来好，案上梅花朵朵红。

海棠花

一载壅培苦，肥苞株上沉。
纵然亦草木，不负爱花心。

赠于海洲

鹿砦常嗟瑰意殊，京郊一日解情孤。
菁莪纵论陈蕃坐，酒肆宏谈青眼浮。
别后诗文添要义，新来枕箪傍精书。
而今头地时时念，更忆金龟望旧垆。

【注释】

鹿砦（zhài）：指村墅，如“其游止，有孟城坳、华子冈、文杏馆、斤竹岭、鹿砦……”唐·王维《辋川集序》。

陈蕃：范晔《后汉书·陈蕃传》曰：“蕃在郡不接宾客，唯稺来特设一榻，去则悬之。”

青眼：《晋书·阮籍传》：“籍又能为青自眼。见礼俗之士，以白眼对之。常言‘礼岂为我设耶？’时有丧母，嵇喜来吊，阮作白眼，喜不怿而去；喜弟康闻之，乃备酒挟琴造焉，阮大悦，遂见青眼。”

头地：欧阳修《与梅圣俞书》，“老夫当避路，放他出一头地也。”此对苏轼给予高度评价。

金龟：李白《对酒忆员临二首·序》，“太子宾客贺公。于长安紫极宫一见余。呼余为谪仙人。因解金龟换酒为乐。歿后对酒。怅然有怀而作是诗。”

立春

经冬又立春，寒屋坐黄昏。
佳节烟初散，空怀念已陈。
小窗丛竹影，长案草诗文。
兰馥悄悄走，茶香淡淡熏。

干旱

天荒地老物焦干，满载忧愁进兔年。
何处食粮人果腹，哪来草菜兔当餐。

春　节

良宵独立小家楼，满腹春情看古州。
四面灯花无限好，只缺明月意稍秋。

答　问

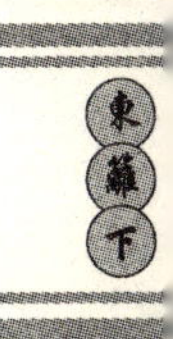

连日书房里，属邻咨寂烦。
古今千万绪，内外两重天。
风雅诗经册，尊卑仲父篇。
典章和氏璧，简册武陵源。
常叹平生屐，几量行世间。

【注释】

平生屐：《世说新语》，“祖士少好财，阮遥集好屐，并恒自经营。同是一累，而未判其得失。人有诣祖，见料视财物。客至，屏当未尽，余两小簏，着背后，倾身障之，意未能平。或有诣阮，见自吹火蜡屐，因叹曰：‘未知一生当著几量屐！’神色闲畅。于是胜负始分。”

晚眺青州有寄

欢入新春喜色浓，州家十万尽红灯。
阳河不复当年水，两岸彩花一样明。

共儒林

并非浅躁爱新春，可混浮情无限心。

不必怀烦阿堵物，只当欣喜自家人。

暂将鞭炮讶儿辈，也上花衣慰两亲。

每日杜康忘深浅，犹同前世共儒林。

【注释】

儒林：喻吴敬梓《儒林外史》。

阿堵物：晋清谈误国的代表王衍，以淡泊功名利禄自居，口不沾“钱”字。他妻子不信其言，趁他睡觉时把钱绕床摆放，他醒来后喊人把“阿堵物”收掉。事见《世说新语》。

花衣：老莱子带父母避难蒙山，七十多岁还常穿花衣，学小儿哭闹逗父母开心。

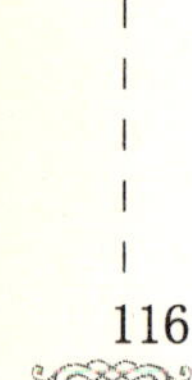

劝警诗

闻道华言意可收，常多随意赞不休。

物惜自处千金帚，人哂东邻一劣丘。

【注释】

“物当”句：汉刘珍《东观汉纪·光武帝纪》，“一量放兵纵火闻之可以酸鼻。家有敝帚，享之千金。”

尾句：据《孔子家语》载，孔丘的西邻不知孔丘的才学出众，轻蔑地称之为“东家丘”。北齐颜之推《颜氏家训．慕贤》，“世人多蔽，贵耳贱目，重遥轻近，少长周旋，如有贤哲，每相狎侮，所以鲁人谓孔子为东家丘。”唐李白《送薛九被谗去鲁》诗，“宋人不辨玉，鲁贱东家丘。”

春

碌碌杂芜埋世尘，常无浪漫感时心。
吉祥语罢知年长，喜庆烟消觉岁春。
冰泮江波催远棹，蛰惊田亩待耕耘。
嗟余不复经纶叹，驴背拟多梁父吟。

【注释】

驴背：唐代曾任相国的郑綮善于做诗。有人问他：“相国近日有新的诗作吗?”郑綮答复：“诗思在灞桥风雪中驴子背上，此处何故得之?”

梁父吟：《梁甫吟》亦作《梁父吟》，是古代用作葬歌的一支民间曲调，音调悲切凄苦。李勉《琴说》曰：《梁甫吟》，曾子撰。《琴操》曰：曾子耕泰山之下，天雨雪冻，旬月不得归，思其父母，作《梁山歌》。蔡邕《琴颂》曰：梁甫悲吟，周公越裳。”按梁甫，山名，在泰山下。《梁甫吟》，盖言人死葬此山，亦葬歌也。又有《泰山梁甫吟》，与此颇同。后世李白、刘基亦有此作。

逢旧部

十亿欢欣过大年，众中独挂旧衣衫。
知无法力拯渠事，挥去悄悄意不安。

问 僧

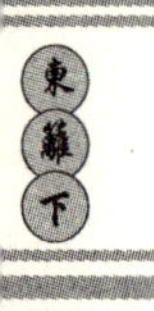

重重连伟刹，绕绕起香烟。
钟磬浊声混，归怀顶礼虔。
佛心思普度，僧意爱银钱。
是为解温饱，图将结善缘？

幸 福

不贪肥马好，不较玉餐多。
每念圣贤册，常书草诀歌。

过大年

尽道新春好喜欢，谁知忘我十多年。
纵无大业经邦国，却有群情系苦甘。
掸落灰尘敛旧想，缓舒酸骨挂陈衫。

幽幽舍下观烟火，法酒慢温心底寒。

梅　花

时寒艳朵红，尝慰九冬情。
一日归来晚，窗前数落英。

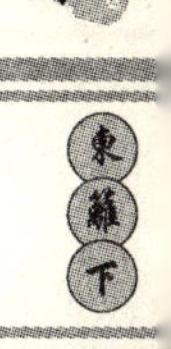

干　旱

天干气燥旱情多，遍野黄毛半死禾。
词句竭枯精册补，大荒无雪可如何？

无　题

放诞朋怀醉酒家，梅青桃义混如麻。
浔阳旧恨归来密，自抖青衫望月牙。

【注释】

梅青：指“青梅煮酒论英雄”。

桃义：指桃园三结义。

浔阳、青衫：指白居易《琵琶行》，“浔阳江头夜送客，枫叶荻花秋瑟瑟。”“座中泣下谁最多，江州司马青衫湿。”

厄通

红尘漫没倍迷蒙，每向前贤问厄通。
二句三年穷魄乐，一瓢一食饿肠平。
藜床纵透坐耆老，棉被虽缺盖死终。
自爱龙场偏悟道，夜郎古地就阳明。

【注释】

二句三年：贾岛《题诗后》，“二句三年得，一吟双泪流。知音如不赏，归卧故山秋。”

一壶一食：《论语》，“子曰：“贤哉回也，一箪食，一瓢饮，在陋巷，人不堪其忧，回也不改其乐。贤哉回也。”

“藜床”句：晋皇甫温《高士传·管宁》：管宁常坐一木榻上，积五十五年未尝箕踞，榻上当膝皆穿。”

“棉被”句：黔娄子死的时候，家境清贫，只好用布被盖尸。但由于布被较短，“覆头则足现，覆足则头现。”于是有人就建议把布被斜过来盖，就能够把头足都盖到了。可其妻坚决不赞成，说：“斜之有余，不如正之不足。先生生时不斜，死而斜之，非先生之意也。”曾子叹道：“只有这样的人才配有这样的妻子。”

龙场：王阳明被发配贵州，悟出真理，史成“龙场悟道”。

过年

年俗洗浴换衣冠，披挂而今似以前。

莫笑山民恁邋遢，鞋中袜子尚新鲜。

【注释】

洗浴：屈原《渔父》，“吾闻之，新沐者必弹冠，新浴者必振衣。”

黄花坡

黄花曾瘦易安身，此地迷翻远步人。
一样黄花两样绪，不同境遇不同心。

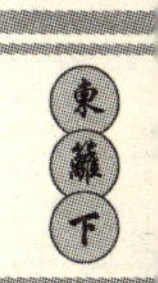

仰天山花叶

斑斓彩叶遍峰沟，绵渺无边一目收。
莫笑流连多忘返，疑似春光落晚秋。

东夷文化园

先人故事已冥冥，两臂随开万石弓。
古地今承轩昂气，霓光水色看宏程。

小儿书

细研儿本惹人嗤，说似孩童方少时。
莫笑山民多浅陋，小儿书里有新知。

龙　锥

日照山房雪未干，龙锥一俟挂茅檐。
风移物幻时不再，只此深深忆旧年。

老家月色

信步观华舍，闻言爱老声。
梢头新月好，等与旧时明。

老家与儿伴豪饮

儿伴相邀回故乡，旧人新事动柔肠。
荒沟不与当年似，古木犹同老岁长。
小女含羞备餐饭，敦妻带笑暖壶浆。
清樽妙语频交错，夜酒佐情酒最香。

牡丹花

山客从来爱牡丹，曹州河洛把魂牵。
葛巾玉版千番好，不似叠苞放案边。

刘姥姥

资财平日散如流，汇入洪涛炫舸舟。
到底穷亲最淳朴，倾囊回报旧年酬。

名　片

名片舞兼天，随积在案边。
今朝派新用，取做小书签。

归　来

离家几日渐春深，寒舍归来更两分。
翠筱散株绕青壁，黄花满地碍闲门。

小城春意

朦胧醉眼望家城，款款新春十里风。
冰泮游舟河上稳，芽萌柳树岸边青。
长街漠漠趋豪驾，古巷悠悠话暖声。
纸鸟丝鸢一处起，山前三五野风筝。

读　书

问余何故总汲汲，夜雪囊萤乐不疲。
每解前贤共玄奥，常舒块垒不凄迷。

白兔子

其一

自幼常闻白兔精，未得机会一相逢。
迷离今夜依稀是，却见霉桩草里生。

其二

白兔民间处处传，我独不信自安然。
生属十二轮回是，多以煎烹做美餐。

愚人节

愚人节里索新诗，闻说悄悄不自持。
虚过浮生蠢半世，如何说与旧朋知。

长舌妇

摇动薄唇弄是非，无中生有幻安危。
女儿休做长舌妇，也劝男郎勿伴随。

山林欲雨

黑云向晚绕烟囱，枯草长林带雨腥。
鹊落鹊飞心不稳，莺歌莺住绪难平。
阑干酒意思前事，半渍春衫忆旧朋。
荒外漂沦何所寄，东坡醒醉度余生。

仲春冷夜

仲春暖意浅，一夜北风凄。
岭上松涛紧，屋头云脚低。
孤床劳梦短，野舍故人稀。

谁断槐安想，三声报晓鸡。

梦亲情

梦母梦儿梦弟兄，山房半夜绕亲情。
忽如尽已他乡远，独守家门四壁空。

利比亚问题

其一

自家事务自牵怀，何用异邦插手来。
鸠占鹊巢是鸟法，人间相类理不该。

其二

强权政治害人多，不利民生不利国。
外力倘能伸正义，借来反正又如何。

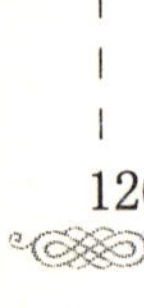

其三

政者从不爱变更，夏桀周厉各相同。
纵然崩废家国乱，也愿维持世序平。

清明遇送葬者有寄

清明涕泪怯怀多，送往呼号更奈何？
奠祭先人情亦切，新别亲近似刀割。

清　明

气暖天高艳照明，河波柳眼共春风。
子推祭过清家墓，野道荒山好踏青。

情之价

惯道情无价，说来实不同。
有将频索取，或以付弥穷。
相好甘如蜜，招嫌恶似蝇。
何当此怀计，惆怅问清风。

攫　取

道理千秋固已知，攫来利禄受鞭笞。
未曾稼穑未出猎，何以悬鹑并素食。

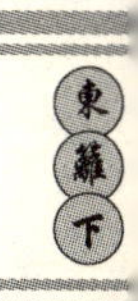

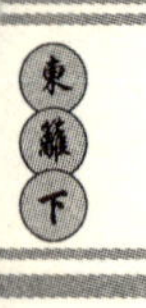

过清明

香灰纸火过清明，万绪千怀一日同。
谁忆亲情追世祖，谁思根裔念华踪。
子推故事寒食祭，传统文明民意中。
洒扫墓田共新岁，萋萋芳草伴英灵。

无　题

早岁曾经人世难，骨根销蚀志心残。
孤独受尽不依靠，辱没频经意绪坚。
呆立斗鸡三月木，同席列子几时欢。
不堪回首当初事，细捻乏筋数旧年。

扑山火

山重草木深，烈火并烟熏。
飞报声颜厉，驰星人马纷。
龙蛇就势倒，埃浪应呼沉。
遍蹴黑尘迹，蓬头归笑音。

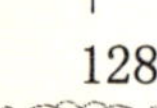

戏说狐狸

独卧寒屋常愀怀，每谈鬼怪忆聊斋。
满山狐狸俗踪有，不见狐仙俏影来。

夜归人

山夜四更深，谁牵劳瘁心。
篱边听快语，扑火罢归人。

夜　吠

山中遥夜寂，枯草响南风。
何事不安睡，呼平爱犬声。

应邀作赋难成以寄怀

春日朝朝忙不停，相邀以赋总无成。
愧将诚意输凡事，恨把文怀付酒盅。
雪里风光聊送炭，灞陵驴背可吟行。
高怀末路难为计，直类义山学转蓬。

【注释】

“雪里”句：范成大《大雪送炭与芥隐》，“无因同拨地炉灰，想见柴荆晚未开。不是雪中须送炭，聊装风景要诗来。”

“灞陵”句：吴垧《吴总志》，“唐郑綮有诗名。或问相国有新作否？答曰：‘吾诗思在灞陵风雪中驴子上，此处何因得之？’缅怀二子，有味其言。”

义山：李商隐的字。李诗《无题》，“昨夜星辰昨夜风，画楼西畔桂堂东。身无彩凤双飞翼，心有灵犀一点通。隔座送钩春酒暖，分曹射覆蜡灯红。嗟余听鼓应官去，走马兰台类转蓬。”

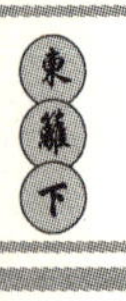

声韵情

新声旧韵费杂评，犹似当初放脚情。
虽道时更新韵好，常说大脚不雍容。

闻扑杀狐狸以寄恨

其一

有爱和谐以放生，或加保护使从容。
更多无赖如禽兽，为赚薄银害性灵。

其二

衣食所迫有缘情，动物能填饿肚空。

身暖肠肥追命紧，不如荒外野毒虫。

其三

也谈生态要平衡，无奈国人混沌中。
枉费千秋深教化，空谈当代好文明。

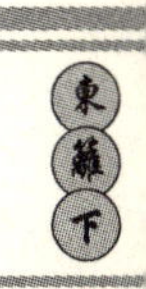

野水春情

前度分离冰雪多，曲堤冻柳钓枯禾。
如何此际享春绪，碧水闲风起秀波。

山林夜火

奔波连日梦才香，忽报山林火势强。
十里风携焚腥气，半屏天挂烤炎光。
村鸡杂叫知惊乱，家狗哀鸣兆恐慌。
谁斗红蛇出岭表，健影猱抓七寸长。

火后晨光

春宵扑火渐平明，余烬残灰旷野风。
双雉不通人事苦，关关叫破晓山空。

文人相轻

其一

文人自古惯相轻，摇晃其实只半瓶。
池浅时常波不稳，潭深往往浪无惊。

其二

中华文粹典籍丰，历尽千秋最大成。
应向屈原试骚墨，当同李杜比诗风。

其三

虽道文人互斗争，思维不过起农耕。
自耕自足自封闭，到底寒酸并苦穷。

杏花香

忽闻何处杏花香，直入心扉润腑肠。
儿时不怕蜂声紧，折来也把破屋妆。

小城印记

小城风雨几千年，人事悠悠陈迹残。
回巷青屋流古韵，石桥曲水忆从前。

说书节奏因唐气，叫卖长声自汉传。
世乱国昌多印记，万代炎黄此一斑。

小人之心

半生诚信以为怀，今日横陈被浪猜。
息恨敛情收躁绪，只将浅陋做诗材。

刺　世

草舍清幽市井深，壅怀常自守漂沦。
冷观欺霸飘摇骑，斜睨葫芦造孽门。
风烈如何静高木，扰多无可善穷身。
与狼共舞学狼步，密厉豺牙并世尘。

雅与俗

琴棋书画艺常殊，有以经营入世俗。
小利高情混泾渭，清茶狗肉一锅出。

李贺情

等是幽毒落魄情，尽怀诗绪每朝行。
距驴换作轻车走，一样成笺日日丰。

【注释】

毛驴：唐代诗人李商隐所作《李长吉小传》中记录：他“恒从小奚奴，骑距驴，背一古破锦囊，遇有所得，即书投囊中。及暮归，太夫人使婢受囊出之，见所书多，辄曰：‘是儿要当呕出心乃已尔！’”

失　题

也曾禅让也分封，郡县集权一手中。
究竟相传多道术，还因生产赖农耕。
法兰西颂戴高乐，南美洲歌圣马丁。
华盛顿辞节亮丽，孙中山去度恢宏。
巫师玻璃神球好，方士龟壳占卜精。
到底几分达众意，不该掩耳盗铜铃。

山里花开

人工强把浪心偿，城阙娇花处处香。
最爱山中千里秀，绵延荡气更回肠。

仰天山连翘花

尽道黄菊瘦易安，不知连翘浪春山。
请君莫走仰天道，醉在花中会忘还。

再题连翘花

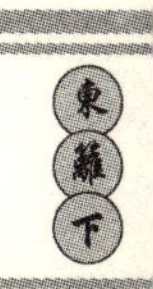

眼前秀朵似芳颊，远看黄云无际崖。
不是矫情闲弄笔，只因情醉在黄花。

麻雀赏花

人赏花前走，俺直花里藏。
通身耀花色，六腑透花香。
日暖催乏目，风轻弄羽裳。
不闻花外事，我自懒洋洋。

春月夜

明月如声堕草房，风温不复作秋霜。
追狐有恨双嘶紧，巢鹊无惊各睡香。

民意杂说

其一

朝三暮四是猴情，人意源根实际同。
忽去悠来都是理，五十百步识高明。

其二

家邦万众尽如疯，德日当年各沸腾。
事罢寒蝉皆自噤，只将责任叛英雄。

其三

载舟似水乃群情，水性杨花无异同。
如若宽仁三百岁，活活气死老唐宗。

其四

费尽思量忆祖宗，诸侯难似一侯明。
苏秦不逊张仪色，偏是西秦霸业成。

其五

一自仲舒独术横，固将儒教做皇绳。
百家阅尽重思想，已捆心怀大半生。

其六

奸慝污邪世道壅，却如汤水固金城。
馒头血色依稀在，深勒坚枷意念中。

月下牡丹

夜半温风过小园，无声满月挂中天。
疑当月色来香馥，循辨初开红牡丹。

村级选举

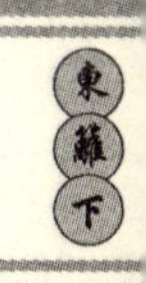

农户何因噪，村级选举忙。
你拉姑嫂议，我与弟兄商。
此把和谐计，彼将同富纲。
阴招常作祟，正气或高扬。
千载惯奴性，一朝自主张。
虽然才试手，毕竟已更张。
民主初开好，自由微步强。
炎黄儿女慧，不信短西洋。

春　雨

微雨乘春夜，悄悄落小城。
伟筑云中立，古街湿处横。
街花沉木乱，岸柳钓河平。
晓卖出回巷，潮音上半空。

《鲁中晨报》旅游版周岁贺词

借势当年稷下宫，宏传力导作先锋。
高谈开济国民意，细劝融和黎庶情。
乏体慵肢依恣纵，湖光山色赖达通。
飞笺鸿作千秋业，大气洋洋踞鲁中。

【注释】

稷下宫：指齐国稷下学宫，位于今临淄与青州交界处。稷下学宫在其兴盛时期，曾容纳了当时“诸子百家”中的几乎各个学派，其中主要的如道、儒、法、名、兵、农、阴阳、轻重诸家。梭下学宫在其兴盛时期，汇集了天下贤士多达千人左右，其中著名的学者如孟子、淳于髡、邹衍、田骈、慎到、接予、季真、环渊、彭蒙、尹文、田巴、儿说、鲁仲连、邹爽、荀子等。

无　题

并非幽怨怯阴风，体病心多自古同。
世道家门纵无寄，书功文力却不成。
虫期即便销如土，人世岂能流似星。
独抱抽丝挨日月，心灰临案忍伶俜。

春　蛾

淡荡白屋过夜风，山中景物满春情。
飞蛾最解新更暖，屡向床头扑照明。

不　题

想来事事可灰心，慢理枯怀五味陈。
何意倾身忙世务，何情劳力费精神。
播种常常收稗草，寄托往往断清魂。
而今最解绝尘苦，自挂东南确有因。

《花间》情

词韵章则句句工，床头日日伴闲情。
未图细密疏开卷，怕染当年脂粉浓。

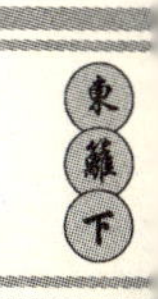

山雪

云里日穿行，山屋半晦明。
天空飞雪片，林木响啄声。
冷眼观凄色，乏心对野庭。
凌寒浑不怕，炉底火犹红。

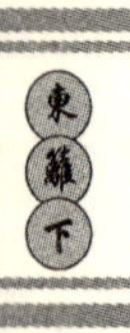

粥墨

石砚旁边粥未凉，墨干滴入和黑汤。
书成笔力深三度，到底精毫夜饭香。

绿化

绿化新城方法多，而今全已废科学。
乱将乔灌一坛混，强把阴阳同处挪。
手柄易当出伟绩，民膏好用诈人说。
纵然了却君王事，血汗怎能充粉搓。

【注释】

了却君王事：化用辛弃疾《破阵子》，“了却君王天下事，赢得生前身后名。”

迎春花

雪骤风狂时令乖，怜渠搬到案前来。
莫非是报相知意，朵朵含羞渐次开。

窗　花

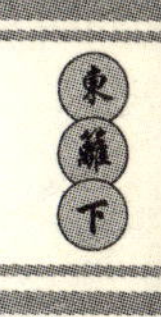

一卷帘帏讶日明，白窗花上晓阳红。
读书屡把时光谬，总是回归俗世中。

诗　悲

祖先随口唱诗经，毕竟篇篇都是情。
今日呻吟皆处有，半如鸟语半人声。

书　饥

新近柔肠搅欲翻，知缺文字腹中填。
偷得小空游书市，典册淘来做大餐。

赠年轻时旧同事们

往岁华年秀发青，而今双鬓各星星。
惊风暴雨高枝健，陈酿精馏玉液清。
盘点浮怀成逝水，剩得疲骨挂真情。
余生更嘱何为意，常把温凉琐事通。

非刺大郎

其一

赌气从来不养家，大郎教训费详察。
假如未向西门闹，定有横财日日发。

其二

既然执意两心花，大可装聋又作瞎。
存异求同遵古训，留给晚辈理缠麻。

其三

只怪修行未到家，一时冲动恨无涯。
都说炊饼实甘味，已断正宗磨后牙。

腊八粥

人人笑问腊八粥，慢理陈情意自秋。
稀饭充饥抵九日，穷肠稍慰喜心头。
时今随用俗当惯，往岁浅尝珍作馐。
此警由来君莫忘，前人应祭半分忧。

酬　报

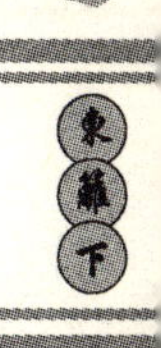

不惯戚戚绪，确烦俗意糙。
宏恩容易忘，小利却难抛。
当事如铅重，回头似雾飘。
涌泉报滴水，只把烂舌摇。

腊八儿

腊八口里任闲说，勾忆叫花犀利哥。
风里柴门听犬吠，可怜谁把饿牙磨。

拜谒于海洲先生

千里劳怀想，一朝拜雅宗。

麻姑抓背痒，山客坐春风。
论赋直抒臆，说诗尽性灵。
反刍来日久，款款润将成。

过鲁北

平野灰黄寥落深，短林碱地抱荒村。
感渠困苦难为计，更叹白盐渍半坟。

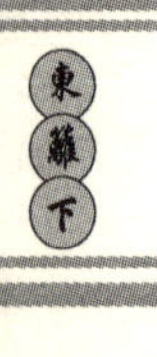

过海河

驿路驰烟过海河，海河冰过地高多。
黄河泥坝出原表，此水今成地上河。

京城晓色

街市冥迷晓色开，残星散淡夜光衰。
高楼几处家灯闭，草径谁人早练来。
款款龙车流似水，半错霓彩瘦如柴。
皇都多少人间事，国政家情尽绕怀。

黄叶村

早爱红楼梦，今来黄叶村。
临门情已烈，睹物念尤深。
双箧朋怀老，残诗古意陈。
一回一步远，归路满幽心。

【注释】

双箧：曹雪芹故居有他再婚时朋友赠送的两个木箱，是发现其故居的重要物证。

残诗：老屋的墙上留有曹雪芹题写在墙上的诗，也是重要的物证。

卧佛寺

古刹幽幽寂寞深，长松伟殿记皇恩。
一佛独卧嘱禅事，十二圆觉固善根。

冬行山路

归路野风清，斜阳川路明。
山阴残瘦雪，河道固坚冰。
村落炊烟袅，枝头寒鹊鸣。

何处闻嬉戏，一队小学生。

炉前随笔

凭窗三九北风寒，自守山堂炉火边。
随放精书木柴上，任拈诗句灶膛间。

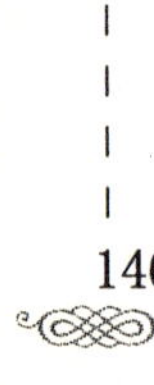

冬　晨

梦里谁人话早凉，掀开帘幕看红阳。
红阳有色无温热，不奈庭兰叶上霜。

冬　寒

莫笑双禽讶此寒，九冬今日过常年。
冰成万里长河死，地坼千顷垄亩干。
泼水落听玻璃响，呼吸飘见雾滴粘。
邻家黄鸟非无语，婉转凝结似冻帘。

【注释】

双禽：南朝刘敬权《异苑》载，亚太康二年冬，大寒。南州人见二白鹤语于桥下，曰：“今兹寒不减尧崩年也。”于是飞去。

冬回山屋

最是林屋好，深冬更复来。
堂阴余败雪，篱傍垛枯柴。
新火壁炉旺，陈花窗户白。
红阳闻息吠，怀并野山开。

赠草原朋友吴艳杰

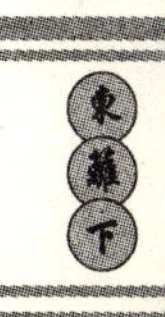

最爱无边大草原，穹隆毳幕耀苍天。
羊群马队接荒外，艳女杰儿胜古前。

感遇组诗

其一

正当萧瑟冷清时，山姆伸出橄榄枝。
临忆曾经多少恨，女神垂泪面犹湿。

其二

背靠国人十亿壮，胸怀物货一囊实。
家邦如欲称强霸，还要雄才放铁师。

其三

欢歌礼乐狂如醉，美酒鲜花迷欲痴。
规律法则无二致，宜怀弱肉并强食。

赠高朋雪中远道来访

一年劳顿不消停，更怕繁杂闹岁终。
最爱高朋心意好，风车雪道送真情。

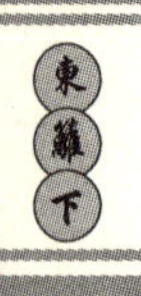

年　关

一岁杳然去，回观怆世尘。
杂芜劳体志，大雪慰年心。
天地时时老，浮怀日日沉。
纷纭都过尽，慵目望新春。

赠人春节之海南

谁自逍遥去海南，谁留北地受熬煎。
椰风暖浪千般好，雪夜风灯也过年。

岁 终

事毕烦休一岁终，床头古册欲完成。
买花载酒今朝去，无挂无牵最放松。

节前山中守望闻外地朋友来青州有寄

不是山人忘旧朋，火灾林患总无情。
若怀兄弟平时好，代向来宾敬两盅。

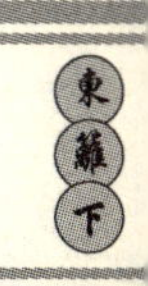

值 班

临年人尽去，日暮万山空。
独守茅房寂，比邻松木青。
昏天冰气缓，陈雪小窗明。
此际情怀好，悠悠一绪平。

山居自趣

天寒长夜壁炉熏，泉水柴鸡火侧闷。
滚滚浓香出野户，垂涎爱犬傍朝门。

晨　曲

都已归家好过年，独居草舍望空山。
晨阳漫照重林表，老鹊高鸣木上端。
兔迹依稀残雪冷，枯茅微动野风寒。
荒庭岑寂人踪少，爱犬巡游柴户边。

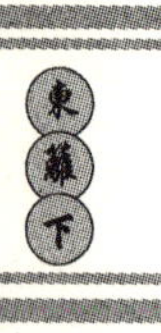

山林野步

荒林无正道，漫步自清心。
朽木妨程远，枯禾没鞋深。
随机留脚印，不意扰鸠群。
雪地斜阳晚，悠悠照影沉。

山上星

山高地远夜风清，气冽天寒彻五更。
星汉迢迢无野渡，宝石明灭满青空。

记　梦

昨夜幻幽梦，双亲怅岁终。

破房寒正紧，陈灶米将空。

不道其中苦，深牵腹底情。

隔窗对星汉，细数到阑更。

市长于除夕前日率队少驻有寄

独卧大山深，茅棚寂寞人。

节前来问苦，几句也宽心。

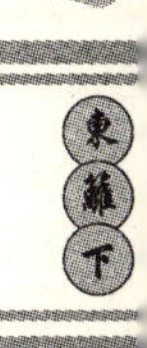

读《江赋》，问郭璞

可是江郎毫管奇，写成江赋胜珠玑？

望洋曾教河神叹，未到望洋山客迷。

【注释】

江郎：化用成语“江郎才尽”。钟嵘《诗品》：“初，淹罢宣城郡，遂宿冶亭。梦一美丈夫，自称郭璞。谓淹曰：‘我有笔在卿处多年矣，可以见还。’淹探怀中，得五色笔授之。而后为诗，不复成语，故世传江郎才尽。《南史·江淹传》：‘淹乃探怀中得五色笔一以授之。尔后为诗绝无美句，时人谓之才尽。’”

“望洋”句：《庄子·秋水》，秋水时至，百川灌河；泾流之大，两渚崖之间，不辨牛马。于是焉河伯欣然自喜，以天下之美，为尽在己。顺流而东行，至于北海，东面而视，不见水端。于是焉年，河伯始旋其面目，望洋向若而叹曰："野语有之曰：'闻道百，以为莫己若者'，我之谓也。且夫我尝闻少仲尼之闻而轻伯夷之义者。始吾弗信，今我睹子之难穷也。之门，则殆矣，吾非至于子长见笑于大方之家。"

醉翁之意

好是开怀佳节前，主仆迷醉在山园。
有追适意思陈岁，或说舒心望下年。
情染岑峰回畅响，笑飞紫幕动星关。
千秋事过书生在，又似庐陵太守欢。

【注释】

庐陵太守：欧阳修《醉翁亭记》。"醉能同其乐，醒能述以文者，太守也。太守谓谁？庐陵欧阳修也。"

散　漫

疏心散淡向年关，实爱荒居几日闲。
已过重阳风复雨，鷦鷯树上一枝安。

【注释】

重阳：据惠洪《冷斋夜话》载，北宋潘大临工于诗，贫甚。临川谢逸致书问："近新作诗否？"大临答云："秋来景物，件件是佳句，恨为俗气蔽翳。昨日清卧，闻搅林风雨声，遂题壁曰：满城风雨近重阳。忽催租人来，遂败意。只此一句奉寄。”此即成语“满城风雨”的由来。

鷦鷯：《庄子·逍遥游》，““鷦鷯巢于深林，不过一枝；偃鼠飲河，不过滿腹。歸休乎，君，予无所用天下爲。庖人雖不治庖，尸祝不越樽俎而代之矣。”

春节祝语

明日佳节岁又春，生生扰动贺年心。
他人纵使千番意，不似山民两句亲。

牡丹花

昼夜荒冢一室同，疏苞细叶叹零丁。
浓香艳色应时放，不负朝朝暮暮情。

晚　程

纷纭年事罢，向晚踏山程。
河道冰川白，荒村灯影红。
随行天愈暗，渐远雪分明。

路转人踪少，山深野气清。

山房夜雪

山夜沉沉晦不明，开书斜卧草房空。
忽听谁处沙沙响，新霰频敲旧雪声。

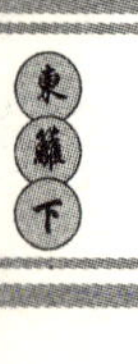

夜雪晨事

悄悄一夜好，大雪自纷纷。
白絮妆丛木，积层碍鹿门。
山前飞喜鹊，屋后响寒禽。
闻似篱边语，欢言清道人。

闻朋友道前人之好以寄

闻道前人同倍凄，感怀旧事语兼啼。
十年霜鬓伤不识，二载楼台怨未知。
乳燕颉颃比翼好，双鸳频戏两情痴。
而今睹物无穷绪，可是螂身献做食。

【注释】

“十年”句：化用苏轼《江城子》。苏轼十九岁与同郡王弗结婚，嗣后出蜀入仕，夫妻琴瑟调和，甘苦与共。十年后王弗亡故，归葬于家乡的祖茔。这首词是苏轼在密州一次梦见王弗后写的，距王弗之卒又是十年了。生者与死者虽然幽明永隔，感情的纽带却结而不解，始终存在。

“二载”句：关盼盼事。关盼盼，唐代彭城人，是一位能歌善舞、精通管弦、工诗擅词的歌妓。关盼盼品貌出众，对爱情忠贞不渝。由于张愔同情她的遭遇，关心她的生活，珍视她的技艺，尊重她的人格，她便视张愔为知己、知音，与他结为伉俪。贞元二十年白居易在校书郎任上，春天自长安东游徐、泗，受到了张愔盛情款待，席间关盼盼的才貌举止给白居易留下了深刻印象。白居易曾赠诗赞誉她，有《燕子楼》三首。张愔死后，她矢志不嫁，在燕子楼中由一位老仆人相陪，冷烛残灯，凄凉度日。两年后，关盼盼写成《燕子楼新咏》三首，白居易依韵相和，但暗示其为夫殉情，并又加第四首露骨地写道：“黄金不惜买娥眉，拣得如花四五枚。歌舞教成心力尽，一朝身去不相随。”盼盼看后，痛哭失声：“自从张公离世，妾并非没想到一死随之，又恐若干年之后，人们议论我夫重色，竟让爱妾殉身，岂不玷污了我夫清名，因而为妾含恨偷生至今！”从此开始绝食，弥留之际书成绝句：“自守空楼敛恨眉，形同春后牡丹枝。舍人不会人深意，讶道泉台不相随。”十天后，盼盼身死。白居易至死对此深感内疚。

“可是”句：螳螂交配过程中，雌螳螂因产卵需要大量能量，会一点一点吃掉雄螳螂。

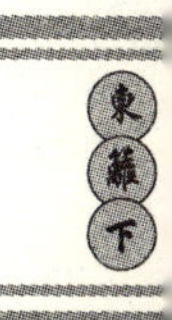

喜　鹊

漫天大雪路深埋，高诵诗书自放怀。
喜鹊摇头如问语，窗前欲念古辞来？

情人节祝语

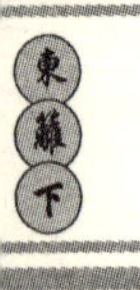

艳朵玫瑰未送达，山遥地远恨如麻。
天公最解骚人意，代赠飘飘白雪花。

山　雪

朝来狂雪霁，日满仰天山。
岭表披绢素，林梢挂白棉。
留禽疏影紧，孤雉野声纤。
忽如微风起，飞花落木间。

应邀赋高朋品茶诗

难得平生散淡心，焙茶谈笑欲归真。
今朝放浪情和志，明日凡间更打拼。

上　元

岁岁庆佳节，今夕又上元。
高跷还稳固，脚步已蹒跚。
耋耄步犹健，初儿意早欢。
花灯从未老，观客幻时年。

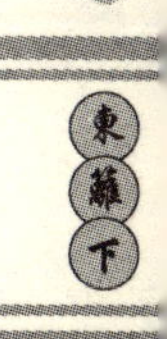

元宵节祝语

清汤粘表蜜食芯，花炮红灯联对门。
欲问良宵何所祝，家和业大幸福深。

元宵夜

元宵欢乐九州同，独立楼头望小城。
七彩花朝木端放，孔明灯向月边行。
东街夜会飞旋色，西巷鞭光回荡声。
谁处腾空新炮响，引来一片笑言惊。

一年之际

其一

俗话传承道理真，一年之计在于春。
吉言祝罢谋田事，毕竟时光不让人。

其二

昨夜烟花惹躁魂，今朝满地乱红尘。
风摇岸柳飘飘举，尽是长鞭警怠心。

平　等

爱求平等古来同，平等当存混沌中。
人被财迷多乱序，民为势迫尽无衡。
凡心实可随时幻，欲念应知皆处生。
浪里行船稳把舵，高低相对贩仓宁。

人代会

鸢飘柳动复一春，同聚华城北海根。
问比前年何所异，笑增面上细鱼纹。

欲望

若问何为大，都说乃有容。
器装总可尽，人欲却无穷。
坐殿差神鬼，出车驾六龙。
照明分昼夜，日月各灯笼。

鸢都

寂寂风华地，悠悠北海城。
楼头初晓色，雾里老编钟。

打的

为赴酒筵不驾车，风中挨冻自哆嗦。
的哥牛气连天起，歪眼如嗤无奈何。

再唱国歌

再唱国歌壮气熏，硝烟号角忆悲辛。
虽多迎奉升平语，牢记当初欲断根。

难得糊涂

糊涂旧里论糊涂，山客新来意最殊。
欲步趑趄多忐忑，笑颜带泪比号哭。
常将断臂藏衣袖，也把伤魂埋草屋。
已慕板桥挂冠去，兰花黄狗向家途。

【注释】

兰花黄狗：指郑板桥，名燮，字克柔，号板桥，也称郑板桥。江苏兴化人，曾任潍县县令，工书画。应科举为康熙秀才，雍正十年举人，乾隆元年(1736年)进士。官山东范县、潍县知县，有政声，后“以岁饥为民请赈，忤大吏，遂乞病归。”郑板桥辞官后带着一盆兰花一条黄狗回扬州，在故乡以卖书画为生。

春　寒

一夜北风起，山河万里寒。
九冬威不尽，春令步伐艰。
朱雀临枝苦，鹅鸭戏水欢。
最惜初黄柳，瑟瑟小河边。

早春山雨

山近高天云雾低，落木林房共凄凄。
堂阴败雪融湿老，篱畔枯禾触雨疲。

雪　人

良夜谁曾伴，凭窗爱雪人。
归来惟败迹，已做护花神。

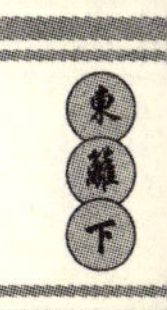

深山夜雨

深夜深山落雨声，似噎似泣似不平。
幽阶滴碎红楼想，枯草打湿格律情。
壁火灰红祛冷气，荒岚疏紧锁窗棂。
三更未见天边月，茫茫尽处只朦胧。

迁　次

新来何忐忑，屡自怯桑麻。
体弱愁征路，年高爱热茶。
蒲轮何所益，伏枥为谁家。

鼹鼠实一腹，青门更卖瓜。

【注释】

蒲轮：《汉书·武帝纪》：“遣使者安车蒲轮，束帛加壁，征鲁申公。”申公即枚乘。

伏枥：曹操《步出夏门行》：“老骥伏枥，志在千里。”

鼹鼠：《庄子》，“鼹鼠饮河，果腹而已，宿鸟栖林，不过一枝。”

青门：《史记·萧相国世家》，“召平者，故秦东陵侯。秦破，为布衣，贫，种瓜于长安城东，瓜美，故世俗谓之‘东陵瓜’，从召平以为名也。”召平或作“邵平”。东陵瓜又称“青门瓜”。《三辅黄图·都城十二门》，“长安城东出南头一门曰霸城门，民见门色青，名曰青城门，或曰青门，门外旧出佳瓜，广陵人邵平……种瓜青门外。”

挂　角

一夜寒霖下，通山鹿角多。
皮棉挂长木，白玉饰枯禾。
日照皆晶透，风来尽瑟缩。
茅屋幽处小，烟柱自婆娑。

小蜘蛛

连日山房生壁炉，感温爬出小蜘蛛。
惊蛰令远时犹冷，怜尔零丁堂下孤。

读　书

几日晨昏读圣篇，如痴如醉化心田。
离床纵晚非因惰，剩把余章尽看完。

感　遇

可恶小人心，以揣君子腹。
昨天讥我俗，今日自俗步。
恶语恶胸怀，陋形陋肠肚。
跳梁多丑行，活体如泥土。

以貌取人

可恨俗风貌取人，不知宏伟掩埋深。
并非华表皆金玉，岂是和颜尽善心。
晏子畏缩堪重任，仲尼丑陋作儒君。

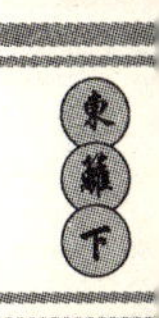

颓微褴褛当尊敬，小庙低山有大神。

以貌取人另说

不是无端貌取人，服装神态自深心。
秀中惠外从来有，败里轩容无处寻。
惯盗当然现贼态，谄谀多数养卑魂。
齐眉举案高桥客，怎会浮薄浅陋身。

悼张志毅教授

英年早逝最堪嗟，留给人间涕泪多。
纵便名流曾大任，阎罗不恤奈之何？

【注释】

张志毅，男，1958年12月生，云南省人，北京林业大学林木遗传育种学科教授，博士生导师，部级跨世纪青年学科学术带头人，部级有突出贡献专家，北京市教学名师。于正月初五日因心脏病发作不幸逝世，终年52岁。

无 题

自古骚人多命乖，更兼世运挂心怀。
国家不幸诗家幸，此病诗家何处排。

送 往

其一

淡薄生死不蒙迷，送往新来感倍凄。
虽也如常伤逝者，还因老病日相逼。

其二

不止聊为逝者伤，更觉日日近阎堂。
今朝送罢先人去，墓草明年或比长。

称 谓

并非有意辱前人，不是随言伤客尊。
私下称名惹嗔怪，才知官位过情亲。

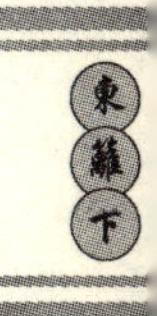

三八贺词

其一

又逢佳节曰三八，凡物俗言乱似麻。
山民送去千般意，最祝娇容艳似花。

其二

今日普天欢乐同，腰包解尽买春容。
告知列位好兄弟，烈酒添愁莫自倾。

早春归卧

抛却红尘步步轻，迷离醉眼向山庭。
长林野舍两相寂，余雪斜辉一样明。

初春夜

寂寞山中夜，家心万丈情。
微潮只败雪，春气小南风。
瞩送西天月，回观满目星。
沙沙紧还密，篱畔草惊声。

泉 城

山中余雪遍堂阴，杨序泉城已做尘。
每道火炉多恨绪，年年令月早来春。

深山探访

山民朴厚似山梁，每动浮怀暖肚肠。
车过三弯尘迹远，送人依旧在高冈。

春 忙

春来日日苦匆匆，归去山园何异同？
草败林枯依旧是，半波清水半湖冰。

深入浅出说

深入浅出好作风，为文常以受尊崇。
力修辞法底功厚，遍阅诗书内不空。
蓄势轻发称大术，疲乏软弱道无能。
休将薄陋说精显，掩盖飘摇小半瓶。

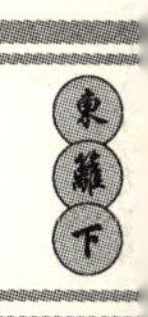

动车遇美眉有感

珠光宝气扑香尘，细画精妆堪丽人。
一语闻言惊四座，半车空气似烟熏。

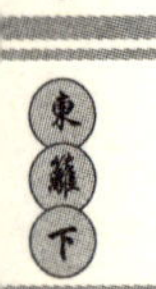

赠京城旧友

前度同宵夜，京城寒气深。
归人思旧意，风柳看初春。
曾醉朋怀老，欲迷情复新。
莫嗔多放浪，青眼慰知心。

赠　人

山里交游一夜欢，投合几度润心田。
放观等论岂非故，入世同辰本是缘。
鸡籽破壳终作母，恺之嚼蔗渐尝甘。
浮财虚货常为累，情谊无多爱更添。

【注释】

“鸡仔”句：据说小鸡出壳后把它见到的第一个动物当作妈妈。

“恺之”句：顾恺之每次吃甘蔗，总是从尾部吃起，说“渐入佳境”。

赠中央美院新朋友

山中寥落客，今探府城深。
最爱相逢好，天和人更春。

京华初春

漫步街头处处新，皇都帝所复一春。
高楼无意招清月，铁马因怀动浅尘。
沿岸柳丝钓融水，依风杨序落黄昏。
时非物是稍不适，总向新人忆旧人。

拜曾庙

早怀仰慕心，穷里拜贤魂。
古木虬枝老，幽祠府院深。
易箦贫志定，止枣孝行纯。
最爱先师好，无亏孔圣门。

【注释】

穷里：曾子一生贫穷，但不改志向。

易箦：曾子是一个视守礼法甚于生命的人，他没有做过大夫，无意中用了大夫专用的席子。假如他死在大夫专用的席子上，那就是“非礼”了，哪怕是处于弥留之际，也依然命令儿子给他更换席子，刚换完，他就死了。见《古文观止》。

止枣：曾参父子同是孔子的弟子。父亲曾哲爱吃羊枣（牛奶柿）；儿子曾参是个孝子，父亲死后，竟不忍心吃羊枣。此事曾被儒家子弟大为传颂。

武氏墓群

灵阙仙碑古意沉，精雕细琢斧功深。
晚生不羡斧中事，折服巧妙最前人。

牙　疼

常道牙疼不是病，今将牙痛恨于胸。
虽然无碍生和死，痛断诗心病不轻。

生　日

半世无为碌碌中，未将生日寄浮情。
双亲呼唤同餐聚，妻子欢欣各喜从。
中岁不思自甘苦，朝朝只为事达通。
并非遁入佛门寂，翰墨诗书寸寸功。

早山春

山外柳芽真，山春何处寻。
苞枝肥老树，融水抱曲根。
松木梢将翠，迎春朵自新。
啁啾何处响，归鸟旧声亲。

山　屋

纵然荒外远，毕竟已三春。
灰冷壁炉暗，山屋暖四分。

度春光

南风频弄碧纱窗，融雪添湿暗草堂。
除尽柴灰封木火，清洁四壁度春光。

山村杏花

和风丽日荡山洼，放目荒居三五家。
落木黄禾依旧是，星星点点杏初花。

朋友相助事成有寄

忽听喜事报家门，款款温流入底心。
若问感恩情几度，恰如浩荡万山春。

春日山屋

几日家山外，茅屋暖六分。
南瓜欲干瘪，土豆已生根。
灰烬壁炉冷，柴香旧味沉。
开窗纳春气，不怕过蝇蚊。

“远　东”

辉煌昨日亦为中，强被西洋作远东。
此告同胞常警惕，坚船利炮指长城。

笑盐慌

早说不用犯慌张，却似杞人无处藏。
抢购盐巴待危难，而今盐富笑仓皇。

日本关东地震有感

其一

瀛洲今复泣关东，五味杂陈国士情。

海啸山崩乃天祸，白山黑水受穷兵。

其二

地毁人亡实可怜，中华戮力向他边。

当初国痛以何报，更踏关东铁骑欢。

其三

怜渠伤痛悯伊难，救死扶危本自然。

农夫旧恨时时警，冻蛇醒过可相安？

其四

钓鱼岛恨在胸间，虽悯东洋意不甘。

以德国人虽报怨，常怀东海打鱼船。

日本核反应堆事故

粗劣时常糊弄人，未将诚信固于心。

投机取巧成习惯，自种黄连苦太君。

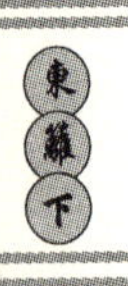

出　丧

其一

交头嬉笑自开怀，身挂丧服无寸哀。
儿女悲伤实可恤，远亲无痛费嫌猜。

其二

爱惜生命乃新风，更念圣人教式凶。
即便非亲不干系，笑颜怎可对亡灵。

清明雨

清明山外雨纷纷，素朵红英各动人。
寂寞草房春气晚，雪花温舞欲封门。

春　花

昨日玉兰满树花，今朝雨后烂泥巴。
春风一缕花一片，莫为揉肠恨似麻。

看　花

每向篱中看乱花，更撷红紫遍山崖。
赏心悦目同相似，浪把河山作自家。

潍坊人大代表集体活动于青州市东夏镇有寄

今夜春情好，推杯过万千。
放怀新府地，结义旧桃园。

【注释】

春情：因为是春天的活动会，所以谓之“春情”。

新府地：青州市东夏镇是行政机构调整后成立的新乡镇，所以称之为“新府地”。

旧桃园：东夏镇过去叫“桃园公社”，此亦暗喻“桃园三结义”。

寒食火患

其一

寒食香火几千年，为祭之推为祖先。
传统习俗虽可恤，奈何烧毁好江山。

其二

谁烧大火遍林山，谁灭人灾费苦艰。

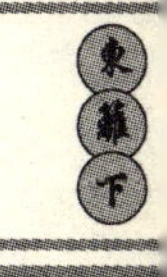

或是崇高或浅陋，宜将愚命祭前贤。

其三

非乃煽风忘祖先，高情最要在心间。
芳林焚做童和秃，灵欲归依何处边？

倭乱

当年倭内乱，浪子外侵多。
近掠吞高丽，远骚扰我国。
蛇伤念农客，狼患忆东郭。
再震兼核爆，尸魂警复活。

春行于林火之后

惫体孤车山里行，春光无绪苦匆匆。
芳花断续明曲坳，暗柳飘飘送远程。
坡上狼藉余碳色，温风林火尚烟腥。
故园不似去年好，归鸟枯枝作恨声。

忆汤婆

早年贫困爱汤婆，漫漫长宵恋被窝。

体困心宽适人意，常怀往岁旧生活。

【注释】

汤婆：也叫脚婆，温瓶，冬天用于暖被窝的工具。

路边海棠开

风摧海棠树，狂放道双边。
初叶轻如梦，繁花似粉烟。
英飘同醉絮，香落比沉铅。
色味阻车骑，感知行路难。

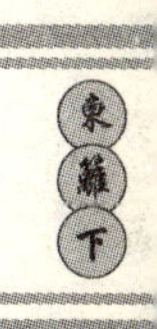

鬼谷子

内揵亲疏密，捭阖技艺精。
漂沦无可用，草木本无情。

【注释】

内揵、捭阖：《鬼谷子》中的计谋。

春　夜

春气遍州城，风温夜早更。
谁家儿女噪，何处笑言轻。
艳朵趁黑放，细芽因暖生。
楼头孤望好，弦月两三星。

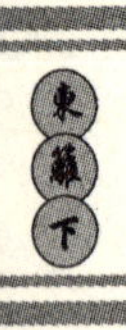

北国之春

东瀛北国复春来，搅弄心中五味排。
溪水淙淙小屋静，山冈松发木兰开。
家兄慈父多挂念，情女悲母亦动怀。
海啸横吞遍残迹，核堆强爆满毒埃。
怜渠只泪弹飞祸，恤彼无端受地灾。
今难频仍触惊目，曾牙密厉作狂豺。
乘春瞩望东洋岛，谨慎投诗话寸哀。

无　题

到底年轻性未熟？是因教育礼不周？
直将信用当儿戏，玩弄人情最可忧。

杨树味

夜步长林自淡然，风来苦味带辛甘。
忆得少岁杨抽日，拧做喇叭皆处欢。

小园雨后

昨夜窗前落水声，小园晨色动幽情。
初生菡萏芽方细，雨后丹花分外红。

春　行

雾淡云沉四野平，霏霏春雨打孤程。
才生细叶绒黄浅，带水芳花艳色浓。
路傍麦畦拔壮节，井田油菜惹诗情。
乏身一路无穷绪，最沐清心是雨腥。

山中夜饮有寄

山中放饮是何情，远道寻访有旧朋。
酒下枯肠多意绪，怀追往岁怅峥嵘。
醉步无心归狸骇，高言不意鹊巢惊。

谈兴未尽时更晚，脉脉白云落满庭。

诺　言

其一

许人每次欠一情，承诺当如负债同。
付出他时方可兑，从来守信兆牺牲。

其二

每当受诺信心诚，海岛总督言并行。
如若将来不兑现，被诳怨恨必无穷。

其三

一经出诺吊怀胸，势必倾心以寄情。
失信他时何所道，玩人丧德坏声名。

其四

自私本质坏稍轻，随便忽悠变恶行。
不屑假如辨深浅，应知违诺更一层。

【注释】

海岛总督：堂吉诃德以送给桑丘一个海岛，任命他为总督为承诺，让桑丘跟他去冒险。

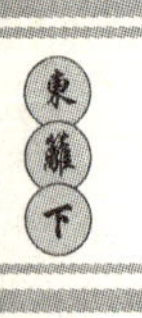

弄小园

偶尔一时闲，赍情弄小园。
透浇竹叶绿，细整草莓鲜。
修理海棠木，移栽冬牡丹。
欣欣此时意，不复望终南。

婚　变

一次婚姻半世依，怜成劳燕此分离。
心乏意惫经年苦，各去三层带血皮。

水性与花性

古来尽道水无情，随运桃花一路东。
今日清池浮谢朵，伏波无意向深层。

蛐蛐殇

遍历夏秋长，寒来共暖房。
冬少鲜蔬菜，临充火腿肠。
朝朝惜做伴，不日竟夭亡。

哀哉芳魂断，呜呼孤意伤。
未知双汇鸩，只道寿该丧。
忽报杀生药，悔当填腹粮。
此烧人犯画，追祭墓茔旁。
吊罢小虫事，倍怜非命郎。

自谑

入魔每日费书张，器物随将四宝当。
今以茶壶装老墨，不服笔逊右军香。

奸商

前年曾闹苏丹红，今日添加瘦肉精。
饕餮吞食纵贪放，奸商逐利更无情。
天灾难戒随他命，人祸可除防蠹虫。
已不作为失教化，何疏监管似驴穷。

【注释】

饕餮：传说中一种凶恶贪食的动物，能吃很多，但从不排出。古代铜器常用它的头作装饰物。

种　花

本是乡村陋里娃，爱惜土地爱苗芽。
牡丹谢过应时朵，种在堂前待后花。

游客之顽劣

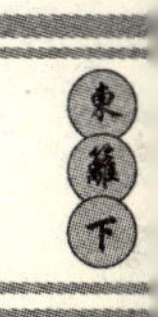

已然锦帽复貂裘，宝马香车做远游。
烟头任向荒坡点，篝火随将野患留。
提醒龇牙相恶报，劝诘豺语更成仇。
方知四面狼烟起，实乃猪豚造国忧。

春　笋

雪霸霜欺冬日难，屡将枯笔写悲酸。
青竹不负骚人意，新笋乘春又满园。

新书媒

艰难甲骨文，不易汗竹熏。
开卷怀毕昇，沾毫思蔡伦。
文明赖传递，进步谢功勋。

也爱科学好，还惜电子新。
碟盘多废滓，网络遍杂尘。
利剑开双面，泥沙并水浑。
垃圾皆处有，良莠总相寻。
淘尽千波浪，终归剩紫金。

感于登山外

回望众山小，扬眉无数高。
须知更佳处，莫守此峰娇。
井底多欢乐，汪洋有大潮。
未临险绝地，怎可论叨叨。

文艺之雅俗

美文佳术利情操，入室登堂雅趣高。
钓利沽名以为计，更比流俗下两遭。

【注释】

遭：圈，周。

心 绪

风色多无异，感怀常不同。
乡关牵客子，家月动离情。
杂绪煎人老，摧残逼梦惊。
羡将学草木，寸寸却心生。